Melhores Contos

LIMA BARRETO

Direção de Edla van Steen

Melhores Contos

LIMA BARRETO

Seleção de
FRANCISCO DE ASSIS BARBOSA

© **Global Editora**, 1986
9ª Edição, Global Editora, São Paulo 2018
1ª Reimpressão, 2022

Jefferson L. Alves – diretor editorial
Gustavo Henrique Tuna – gerente editorial
Flávio Samuel – gerente de produção
Flavia Baggio – coordenadora editorial
Jefferson Campos – assistente de produção
Alice Camargo – revisão de texto
Eduardo Okumo – projeto gráfico
Lazyllama/Shutterstock – foto de capa

CIP -BRASIL. CATALOGAÇÃO NA PUBLICAÇÃO SINDICATO
NACIONAL DOS EDITORES DE LIVROS, RJ

B263m
9. ed.

    Barreto, Lima, 1881-1922
      Melhores contos Lima Barreto / Lima Barreto ; seleção Francisco de Assis Barbosa. – 9. ed. – São Paulo: Global, 2018.

    ISBN 978-85-260-2418-2

    1. Conto brasileiro. I. Barbosa, Francisco de Assis. II. Título.

18-48401   CDD:869.3
                                              CDU:821.134.3(81)-3

Meri Gleice Rodrigues de Souza – Bibliotecária CRB-7/6439

14/03/2018   19/03/2018

Obra atualizada conforme o
NOVO ACORDO ORTOGRÁFICO DA LÍNGUA PORTUGUESA

global
editora

Global Editora e Distribuidora Ltda.
Rua Pirapitingui, 111 — Liberdade
CEP 01508-020 — São Paulo — SP
Tel.: (11) 3277-7999
e-mail: global@globaleditora.com.br

(**g**) globaleditora.com.br   (**y**) @globaleditora

(**f**) /globaleditora   (**o**) @globaleditora

(**▶**) /globaleditora   (**in**) /globaleditora

(**●**) blog.grupoeditorialglobal.com.br

Direitos reservados.
Colabore com a produção científica e cultural.
Proibida a reprodução total ou parcial desta
obra sem a autorização do editor.

Nº de Catálogo: **1661.POC**

Francisco de Assis Barbosa nasceu em Guaratinguetá, SP, em 21 de janeiro de 1914. Fez parte do grupo de intelectuais do Vale do Paraíba, iniciado pela geração de Monteiro Lobato e Valdomiro Silveira, continuado por Miguel Reale, Cassiano Ricardo, Osmar Pimentel, Péricles Eugênio da Silva Ramos e Nogueira Moutinho. Jornalista, trabalhou em vários jornais do Rio de Janeiro e de São Paulo. Pertenceu ao corpo de editores da Enciclopédia *Mirador Internacional*. Foi diretor do Centro de Estudos Históricos da Fundação Casa de Rui Barbosa. Publicou *A vida de Lima Barreto*, atualmente em 6ª edição, *J. K. – Uma revisão na política brasileira*, *Milagre de uma vida*, ensaio biográfico de Manuel Bandeira, além de outros livros. Foi membro da Academia Brasileira de Letras. Faleceu em 8 de dezembro de 1991.

SUMÁRIO

Apresentação 9
Nota sobre o texto 13

Contos

Um especialista 15
O filho da Gabriela 23
A nova Califórnia 33
O homem que sabia javanês 42
Um e outro 50
"Miss" Edith e seu tio 59
Como o "homem" chegou 70
Harakashy e as escolas de Java 86
Cló 96
Adélia 106
Lívia 109
Mágoa que rala 112
Uma vagabunda 128
Sua excelência 131

Biografia 134
Bibliografia 138

APRESENTAÇÃO

Na História da literatura ocidental, Otto Maria Carpeaux estabelece uma certa analogia entre os romances e contos de Lima Barreto com os dos escritores norte-americanos do primeiro decênio do século XX, que se insurgiram contra o tradicionalismo e iniciaram uma literatura de protesto. Chamou-se a isto na época a remoção do lixo. *Muckraker* foi a palavra cunhada pelo presidente Theodore Roosevelt para designar os que se propunham remexer o esterco da sociedade puritana e convencional, em plena expansão do capitalismo, para a luta contra a corrupção, em que se empenhavam políticos e panfletários. Guardadas as diferenças e proporções, rebeldes como Upton Sinclair e Jack London, que se opunham à *genteel tradition*, segundo Carpeaux, corresponderiam bem ou mal ao que pretendeu o nosso Lima Barreto na Velhíssima República, no combate àqueles que consideravam no Brasil a literatura como o "sorriso da sociedade" e ocupavam de modo absoluto e incontestável o mandarinato intelectual.

O paralelo não deixa de ser interessante, mesmo porque outros pontos de contato podem ser lembrados para melhor aproximá-los. Eram todos socialistas de temperamento anarquista e neles predominava o espírito de participação política e da denúncia social, bem mais forte do que o simples desejo de praticar a literatura pela literatura, como se fosse simples obra de arte. De qualquer modo, admitindo o parentesco, eram bem maiores as diferenças dos grandes centros supercapitalistas dos Estados Unidos e o crescimento ainda modesto do Rio de Janeiro e de São Paulo. Mas a observação do mestre Carpeaux não se perde no vazio, sobretudo no juízo de valores quanto à qualidade dos escritores. E isso é o que nos interessa. A verdade é que Upton Sinclair e Jack London, ou qualquer outro da geração dos muckrakers, completa Carpeaux, nada têm do humorismo corrosivo do mulato brasileiro; não criaram, em toda a sua vasta atividade, nenhuma obra tão espirituosa e tão humana como *Triste fim de Policarpo Quaresma*. Chicago e Nova York não são comparáveis ao Rio de Janeiro semicolonial de 1910, ao qual Lima Barreto erigiu em *Vida e morte de Gonzaga de Sá* um monumento. Enfim, o romancista brasileiro deve parte das suas qualidades àquilo que foi a desgraça da sua vida: a boêmia. Lima Barreto é precursor do Modernismo brasileiro que se revelará em 1922, ano da morte do romancista.

Malgrado sua formação francesa e a leitura dos russos como Gorki, Tolstoi, Tchecov, Turgueniev, Dostoievski, pelas afinidades diante da vida, a literatura militante de Lima Barreto estaria mais próxima dos escritores malditos de Greenwich Village, que documentavam as mazelas dos *slums* de New York, a doença, o crime e o vício que se concentravam nas imundas casas de cômodos dos bairros miseráveis, a perseguição dos locatários pela cobiça dos senhorios e pela brutalidade da repressão policial. Há sem dúvida um parentesco indisfarçável dos *muckrakers* com o escritor brasileiro, como assinalou Carpeaux. É claro que Lima Barreto foi bem mais panfletário nos artigos de jornal da fase final da sua curta existência de escritor público que nos contos e novelas.

A obra de Lima Barreto não se limita, porém, aos seus romances e contos. No romance, deixou pelo menos três marcos definitivos: *Recordações do escrivão Isaías Caminha*, *Triste fim de Policarpo Quaresma* e *Vida e morte de M. J. Gonzaga de Sá*. Dentre os contos, que são numerosos, e a maioria da melhor qualidade literária, como "A nova califórnia" e "O homem que sabia javanês", a seleção seria difícil. Não é possível esquecer, por exemplo, "Sua excelência", da preferência de Graciliano Ramos. O "Diário íntimo" e "Cemitério dos vivos", ambos de publicação póstuma, são do maior interesse humano, e em muitas passagens a mesma altitude dos melhores momentos do escritor. Há ainda a vasta messe de artigos publicados na imprensa, na grande imprensa e na pequena imprensa, especialmente a dos jornais libertários e quase clandestinos, reunidos nos volumes *Bagatelas*, *Vida urbana*, *Marginália*, *Feiras e mafuás* e *Impressões de leitura*. *Os bruzundangas* e *Coisas do reino de Jambon* formam um terceiro grupo: a sátira social propriamente dita, ainda que a ficção em Lima Barreto reflita quase sempre a sua permanente inclinação para a denúncia contra as injustiças e as mazelas do sistema político e da organização da sociedade, seja com disfarçada ironia, seja com ostensivo escárnio, não raro o panfletário interferindo e às vezes até prejudicando o romancista.

De qualquer modo, romances e artigos de jornal constituem um vasto painel, que se desdobra em sucessivos quadros da nossa Primeira República. É amplo o espectro da obra do ficcionista e do jornalista, na verdade um impressionante documento das mudanças sociais e políticas da transição da sociedade escravista, no entanto bem mais liberal, sob certos aspectos, para um sistema de falsa democracia, no qual desponta uma oligarquia de caráter bem mais aristocrático e intolerante que a do parlamentarismo imperial. Pode parecer um paradoxo, mas não é. A essa curiosa forma de governo de fazendeiros de café, capitalistas, arrivistas e bacharéis, muitos dos quais eram advogados dos interesses daqueles grupos privilegiados, Lima Barreto chamou de plutocracia, talvez com certo exagero, mas sem falsear a verdade. O observador via longe até demais na sua crítica áspera e contundente aos políticos e aos donos da vida, de um modo geral, à mania de ostentação, ao vazio intelectual, à corrupção e à incompetência, própria da "democracia relativa" da República Velha. A expressão é do antigo presidente Geisel. Que se dirá do que veio depois?

Mas fiquemos em Lima Barreto, que viu e registrou todo o avesso do regime, o fundo podre, com olhos que nada tinham de falsamente brasileiros, como os da maioria dos escritores seus contemporâneos. E o fez sempre com sinceridade e com coragem. Retratou certos políticos e certos literatos como o eram de fato: caricaturas de líderes e caricaturas de escritores. Através desses personagens-símbolos, ressurge sem retoques e sem distorções toda a mentalidade de uma época, com as suas fraquezas e alienações, que predominou no Brasil nos primeiros quarenta anos de nossa vida republicana.

Essa mentalidade reponta principalmente no romance *Numa e a ninfa* e no volume *Os bruzundangas*, uma série de caricaturas sobre um país inexistente, mas que muito se assemelhava ao Brasil do seu tempo. Bruzundanga é palavra derivada de burundanga, o mesmo que morondanga em espanhol. Significa palavreado confuso, algaravia, mixórdia, cozinhado malfeito, sujo ou repugnante, trapalhada. Na acepção lima-barretiana, a República dos Bruzundangas seria, por conseguinte, o país das trapalhadas, ou o "país das encrencas". Leitor de Swift, frequentemente invocado nessas caricaturas, concebera a estranha república, cuja constituição fora copiada da de Brodingnag, o país dos gigantes (clara alusão aos Estados Unidos), embora considerasse por igual as constituições de Houyhnm e Liliput. A nação bruzundanguense dividia-se em numerosas províncias ou Estados: dos Bois (Minas Gerais), dos Rios (Rio de Janeiro), da Cana (Pernambuco), do Kaphet (São Paulo), na época o grande centro produtor do café, razão pela qual é chamada "a mais rica e adiantada de todas".

Pequenas crônicas, sem maior polimento mas esfuziantes de zombaria e sarcasmo, constituem não só a matéria de *Os bruzundangas*, como de *Coisas do reino de Jambon*. É sempre o Brasil, ou melhor, a República Velha, a República Velhíssima, o tema da caricatura. "O reino de Jambon – explica o cronista-historiador – é assim chamado porque afeta, mais ou menos, a forma de um presunto. Até aqui, não tem sido comido. Mas tem sido roído. Roem-no os de fora. Roem-no os de dentro. Mas não há meio, quer uns, quer outros, de o deglutirem completamente. O diabo da perna de porco resistir à voracidade externa e interna de uma maneira perfeitamente milagrosa." A classe política e o povo, tanto nas Bruzundangas, como no reino de Jambon, encontram-se em polos opostos: "Não há homem influente que não tenha, pelo menos, trinta parentes ocupando cargos do Estado. Não há lá político influente que não se julgue com direito a deixar para os seus filhos, netos, sobrinhos, primos, gordas pensões pagas pelo Tesouro da República. No entanto, a terra vive na pobreza; os latifúndios, abandonados e indivisos; a população rural vive sugada, esfomeada, maltrapilha, amarela, para que, na sua capital, algumas centenas de parvos, com títulos altissonantes, doutores disso e daquilo, gozem vencimentos, subsídios, duplicados e triplicados, afora rendimentos que vêm de outra e qualquer origem, empregando um grande palavreado de quem vai fazer milagres".

No tempo de Lima Barreto, a capital ficava no Rio de Janeiro que era chamado Distrito Federal (o escritor detestava que chamassem o Rio de Janeiro, a sua cidade, com esse nome). Hoje, a capital está no Planalto Central. Chama-se Brasília e é também chamada Distrito Federal. Mas, como vimos, tudo continua no mesmo. Até quando teremos inflexível e imutável a República das Bruzundangas?

Francisco de Assis Barbosa

NOTA SOBRE O TEXTO

O texto dos contos que compõem esta antologia respeita até certo ponto o texto estabelecido na edição das Obras de Lima Barreto, organizadas sob a direção de Francisco de Assis Barbosa, com a colaboração de Antônio Houaiss e M. Cavalcanti Proença, e publicadas pela Editora Brasiliense em 1956. Agradeço a colaboração do meu colega da Fundação Casa de Rui Barbosa, Júlio Castaliore Guimarães.

F.A.B.

CONTOS

UM ESPECIALISTA

A Bastos Tigre

Era hábito dos dois, todas as tardes, após o jantar, jogar uma partida de bilhar em cinquenta pontos, finda a qual iam, em pequenos passos, até ao Largo da Carioca tomar café e licores, e, na mesa do botequim, trocando confidências, ficarem esperando a hora dos teatros, enquanto que, dos charutos, fumaças azuladas espiralavam preguiçosamente pelo ar.

Em geral, eram as conquistas amorosas o tema da palestra, mas, às vezes, incidentemente, tratavam dos negócios, do estado da praça e da cotação das apólices.

Amor e dinheiro, eles juntavam bem e sabiamente.

O comendador era português, tinha seus cinquenta anos, e viera para o Rio aos vinte e quatro, tendo estado antes seis no Recife. O seu amigo, o coronel Carvalho, também era português, viera, porém, aos sete para o Brasil, havendo sido no interior, logo ao chegar, caixeiro de venda, feitor e administrador de fazenda, influência política; e, por fim, por ocasião da bolsa, especulara com propriedades, ficando daí em diante senhor de uma boa fortuna e da patente de coronel da Guarda Nacional. Era um plácido burguês, gordo, ventrudo, cheio de brilhantes, empregando a sua mole atividade na gerência de uma fábrica de fósforos. Viúvo, sem filhos, levava a vida de moço rico. Frequentava *cocottes*; conhecia as escusas casas de *rendez-vous*, onde era assíduo e considerado; o outro, o comendador, que era casado, deixando, porém, a mulher só no vasto casarão do Engenho Velho a se interessar pelos namoricos das filhas, tinha a mesma vida solta do seu amigo e compadre.

Gostava das mulheres de cor e as procurava com o afinco e ardor de um amador de raridades.

À noite, pelas praças mal iluminadas, andava cantando-as, joeirando-as com olhos chispantes de lubricidade e, por vezes mesmo, se atrevia a seguir qualquer mais airosa pelas ruas de baixa prostituição.

— A mulata, dizia ele, é a canela, é o cravo, é a pimenta; é, enfim, a especiaria de requeime acre e capitoso que nós, os portugueses, desde Vasco da Gama, andamos a buscar, a procurar.

O coronel era justamente o contrário: só queria as estrangeiras; as francesas e italianas, bailarinas, cantoras ou simplesmente meretrizes, era o seu fraco.

Entretanto havia já quinze dias que não se encontravam no lugar aprazado e a faltar era o comendador, a quem o coronel sabia bem por informações do seu guarda-livros.

Ao acabar a segunda semana dessa ausência imprevista, o coronel, maçado e saudoso, foi procurar o amigo na sua loja à Rua dos Pescadores. Lá o encontrou amável e de boa saúde. Explicaram-se; e entre eles ficou assentado que se veriam naquele dia, à tarde, na hora e lugar habituais.

Como sempre, jantaram fartamente e regiamente regaram o repasto com bons vinhos portugueses. Jogaram a partida de bilhar e depois, como encarrilhados, seguiram para o café de costume no Largo da Carioca.

No princípio, conversaram sobre a questão das minas de Itaoca, vindo então à baila a inépcia e a desonestidade do governo; mas, logo depois, o coronel, que "tinha a pulga atrás da orelha", indagou do companheiro o motivo de tão longa ausência.

— Oh! Não te conto! Foi um "achado", a coisa, disse o comendador, depois de chupar fortemente o charuto e soltar uma volumosa baforada; um petisco que encontrei... Uma mulata deliciosa, Chico! Só vendo o que é, disse a rematar, estalando os beiços.

— Como foi isso? inquiriu o coronel pressuroso. Como foi? Conta lá!

— Assim. A última vez que estivemos juntos, não te disse que no dia seguinte iria a bordo de um paquete buscar um amigo que chegava do Norte?

— Ouve. Espera. C'os diabos isto não vai a matar! Pois bem, fui a bordo. O amigo não veio... Não era bem meu amigo... Relações comerciais... Em troca...

Por essa ocasião rolou um carro no calçamento. Travou em frente ao café e por ele adentro entrou uma gorda mulher, cheia de plumas e sedas, e para vê-la virou-se o comendador, que estava de costas, interrompendo a narração. Olhou-a e continuou depois:

— Como te dizia: não veio o homem, mas enquanto tomava cerveja com o comissário, vi atravessar a sala uma esplêndida mulata; e tu sabes que eu... Deixou de fumar e com olhares canalhas sublinhou a frase magnificamente.

— De indagação em indagação, soube que viera com um alferes do Exército; e murmuravam a bordo que a Alice (era seu nome, soube também) aproveitara a companhia, somente para melhor mercar aqui os seus encantos. Fazer a vida... Propositalmente, me pareceu, eu me achava ali e não perdia vaza, como tu vais ver.

Dizendo isto, endireitou o corpo, alçou um tanto a cabeça, e seguiu narrando:

— Saltamos juntos, pois viemos juntos na mesma lancha — a que eu alugara. Compreendes? E, quando embarcamos num carro, no Largo do Paço, para a pensão, já éramos conhecimentos velhos; assim pois...

— E o alferes?

— Que alferes?

— O alferes que vinha com a tua diva, filho? Já te esqueceste?

— Ah! Sim! Esse saltou na lancha do Ministério da Guerra e nunca mais o vi.

— Está direito. Continua lá a coisa.

— E... e... Onde é que estava? Hein?

— Ficaste: quando ao saltar, foram para a pensão.

— É isto! Fomos para a Pensão Baldut, no Catete; e foi, pois, assim que me apossei de um lindo primor — uma maravilha, filho, que tem feito os meus encantos nestes quinze dias — com os raros intervalos em que me aborreço em casa, ou na loja, já se vê bem.

Repousou um pouco e, retomando logo após a palavra, assim foi dizendo:

— É uma coisa extraordinária! Uma maravilha! Nunca vi mulata igual. Como esta, filho, nem a que conheci em Pernambuco há uns vinte e sete anos! Qual! Nem de longe! Calcula que ela é alta, esguia, de bom corpo; cabelos negros corridos, bem corridos: olhos pardos. E bem fornida de carnes, roliça; nariz não muito afilado, mas bom! E que boca, Chico! Uma boca breve, pequena, com uns lábios roxos, bem quentes... Só vendo mesmo! Só! Não se descreve.

O comendador falara com um ardor desusado nele; acalorara-se e se entusiasmara deveras, a ponto de haver na sua fisionomia estranhas mutações. Por todo ele havia aspecto de um suíno, cheio de lascívia, inebriado de gozo. Os olhos arredondaram-se e diminuíram; os lábios se haviam apertado fortemente e impelidos para diante se juntavam ao jeito de um focinho; o rosto destilava gordura; e, ajudado isto pelo seu físico, tudo nele era de um colossal suíno.

— O que pretendes fazer dela? Dize lá.
— É boa... Que pergunta! Prová-la, enfeitá-la e "lançá-la" E é pouco?
— Não! Acho até que te excedes. Vê lá, tu!
— Hein? Oh! Não! Tenho gasto pouco. Um conto e pouco... Uma miséria!

Acendeu o charuto e disse subitamente, ao olhar o relógio:

— Vou buscá-la de carro, porquanto vamos ao cassino, e tu me esperas lá, pois tenho um camarote. Até já.

Saindo o seu amigo, o coronel considerou um pouco, mandou vir água Apolinaris, bebeu e saiu também.

Eram oito horas da noite.

Defronte ao café, o casarão de uma ordem terceira ensombrava a praça parcamente iluminada pelos combustores de gás e por um foco elétrico ao centro. Das ruas que nela terminavam, delgados filetes de gente saíam e entravam constantemente. A praça era como um tanque a se encher e a se esvaziar equitativamente. Os bondes da Jardim semeavam pelos lados a branca luz de seus focos e, de onde em onde, um carro, um tílburi, a atravessava célere.

O coronel esteve algum tempo olhando o largo, preparou um novo charuto, acendeu-o, foi até à porta, mirou um e outro transeunte, olhou o céu recamado de estrelas, e, finalmente, devagar, partiu em direção à Lapa.

Quando entrou no cassino, ainda o espetáculo não havia começado.

Sentou-se a um banco no jardim, serviu-se de cerveja e entrou a pensar.

Aos poucos, vinham chegando os espectadores. Naquele instante entrava um. Via-se pelo acanhamento que era um estranho às usanças da casa. Esmerado no vestir, no calçar, não tinha em troca o desembaraço com que se anuncia o *habitué*. Moço, moreno, seria elegante se não fosse a estreiteza de seus movimentos. Era um visitante ocasional, recém-chegado, talvez, do interior, que procurava ali uma curiosidade, um prazer da cidade.

Em seguida, entrou um senhor barbado, de maçãs salientes, rosto redondo, acobreado. Trazia cartola, e, pelo ar solene, pelo olhar desdenhoso que atirava em volta, descobria-se nele um legislador da Cadeia Velha, deputado, representante de algum Estado do Norte, que, com certeza, há duas legislaturas influía poderosamente nos destinos do país com o seu resignado apoiado. E assim, um a um, depois aos magotes, foram entrando os espectadores. Ao fim na cauda, retardados, vieram os frequentadores assíduos – pessoas variegadas de profissão e moral que com frequência blasonavam saber os nomes das *cocottes*, a proveniência delas e as suas excentricidades libertinas. Entre os que entravam naquele momento, entrara também o comendador e o "achado".

A primeira parte do espetáculo correra quase friamente.

Todos, homens e mulheres, guardavam as maneiras convencionadas de se estar em público. Era cedo ainda.

Em meio, porém, da segunda, as atitudes mudaram. Na cena, uma delgadinha senhora (*chanteuse à diction* – no cartaz) berrava uma cançoneta francesa. Os espectadores, com batidos das bengalas nas mesas, no assoalho, e com a voz mais ou menos comprometida, estribilhavam-na doidamente. O espetáculo ia no auge. Da sala aos camarotes subia um estranho cheiro – um odor azedo de orgia.

Centenas de charutos e cigarros a fumegar enevoavam todo ambiente.

Desprendimentos do tabaco, emanações alcoólicas, e, a mais, uma fortíssima exalação de sensualidade e lubricidade, davam à sala o aspecto repugnante de uma vasta bodega.

Mais ou menos embriagado, cada um dos espectadores tinha para com a mulher com quem bebia gestos livres de alcova. Francesas, italianas, húngaras, espanholas, essas mulheres, de dentro das rendas, surgiam espectrais, apagadas, lívidas como moribundas. Entretanto, ou fosse o álcool ou o prestígio de peregrinas, tinham sobre aqueles homens um misterioso ascendente. À esquerda, na plateia, o majestoso deputado da entrada coçava despudoradamente a nuca da Dermalet, uma francesa; em frente, o doutor Castrioto, lente de uma escola superior, babava-se todo a olhar as pernas da cantora em cena, enquanto em um camarote defronte, o juiz Siqueira apertava-se à Mercedes, uma bailarina espanhola, com o fogo de um recém-casado à noiva.

Um sopro de deboche percorria homem a homem.

Dessa forma, o espetáculo desenvolvia-se no mais fervoroso entusiasmo e o coronel, no camarote, de soslaio, pusera-se a observar a mulata. Era bonita de fato e elegante também. Viera com um vestido *crème* de pintas pretas, que lhe assentava magnificamente.

O seu rosto harmonioso, enquadrado num magnífico chapéu de palha preta, saía firme do pescoço roliço que a blusa decotada deixava ver. Seus olhos curiosos, inquietos, voavam de um lado a outro e a tez de bronze novo cintilava à luz dos focos. Através do vestido se lhe adivinhavam as formas; e, por vezes, ao arfar, ela toda trepidava de volúpia...

O comendador pachorrentamente assistia ao espetáculo e fora do costume, pouco conversou. O amigo, pudicamente, não insistiu no exame.

Quando saíram de permeio à multidão, acumulada no corredor da entrada, o coronel teve ocasião de verificar o efeito que fizera a companheira do amigo. Ficando mais atrás, pôde ir recolhendo os ditos e as observações que a passagem deles ia sugerindo a cada um.

Um rapazola dissera:

– Que "mulatão"!

Um outro refletiu:

– Esses portugueses são os demônios para descobrir boas mulatas. É faro.

Ao passarem os dois, alguém, a quem ele não viu, maliciosamente observou:

– Parecem pai e filha.

E essa reflexão de pequeno alcance na boca que a proferiu, calou fundo no ânimo do coronel.

Os queixos eram iguais; as sobrancelhas, arqueadas, também; o ar, um não sei quê de ambos assemelhavam-se... Vagas semelhanças, concluiu o coronel ao sair à rua, quando uma baforada de brisa marinha lhe acariciou o rosto afogueado.

Já o carro rolava rápido pela rua quieta – quietude agora perturbada pelas vozes esquentadas dos espectadores saídos e pelas falsas risadas de suas companheiras – quando o comendador, levantando-se no estrado da carruagem, ordenou ao cocheiro que parasse no hotel, antes de tocar para a pensão. A sala sombria e pobre do hotel tinha sempre por aquela hora uma aparência brilhante. A agitação que ia nela, as sedas roçagantes e os chapéus vistosos das mulheres, a profusão de luzes, o irisado das plumas, os perfumes requintados que voavam pelo ambiente transmudavam-na de sua habitual fisionomia pacata e remediada. As pequenas mesas, pejadas de pratos e garrafas, estavam todas elas ocupadas. Em cada, uma ou duas mulheres sentavam-se, seguidas de um ou dois cavalheiros. Sílabas breves do francês, sons guturais do espanhol, dulçorosas terminações italianas, chocavam-se, brigavam.

Do português nada se ouvia, parecia que se escondera de vergonha.

Alice, o comendador e o coronel sentaram-se a uma mesa redonda em frente à entrada. A ceia foi lauta e abundante. À sobremesa, os três convivas repentinamente animados, puseram-se a conversar com calor. A mulata não gostara do Rio; preferia o Recife. Lá sim! O céu era outro; as comidas tinham outro sabor, melhor e mais quente. Quem não se recordaria sempre de uma frigideira de camarões com maturins ou de um bom feijão com leite de coco?

Depois, mesmo a cidade era mais bonita; as pontes, os rios, o teatro, as igrejas.

E os bairros então? A Madalena, Olinda... No Rio, ela concordava, havia mais povo, mais dinheiro; mas Recife era outra coisa, era tudo...

— Você tem razão, disse o comendador; Recife é bonito, e muito mais!

— O senhor, já esteve lá?

— Seis anos, filha, seis anos; e levantou a mão esquerda à altura dos olhos, correu-a pela testa, contornou com ela a cabeça, descansou-a afinal na perna e acrescentou: comecei lá minha carreira comercial e tenho muitas saudades. Onde você morava?

— Ultimamente à Rua da Penha, mas nasci na de João de Barro, perto do Hospital de Santa Águeda...

— Morei lá também, disse ele distraído.

— Criei-me pelas bandas de Olinda, continuou Alice, e por morte de minha mãe vim para a casa do doutor Hildebrando, colocada pelo juiz...

— Há muito que tua mãe morreu?, indagou o coronel.

— Há oito anos quase, respondeu ela.

— Há muito tempo, refletiu o coronel; e logo perguntou: que idade tens?

— Vinte e seis anos, fez ela. Fiquei órfã aos dezoito. Durante esses oito anos tenho rolado por esse mundo de Cristo e comido o pão que o diabo amassou. Passando de mão em mão, ora nesta, ora naquela, a minha vida tem sido um tormento. Até hoje só tenho conhecido três homens que me dessem alguma coisa; os outros Deus me livre deles! — só querem meu corpo e o meu trabalho. Nada me davam, espancavam-me, maltratavam-me. Uma vez, quando vivia com um sargento do Regimento de Polícia, ele chegou em casa embriagado, tendo jogado e perdido tudo, queria obrigar-me a lhe dar trinta mil-réis, fosse como fosse. Quando lhe disse que não tinha e o dinheiro das roupas que eu lavava, só chegava naquele mês para pagar a casa, ele fez um escarcéu. Descompôs-me. Ofendeu-me. Por fim, cheio de fúria agarrou-me pelo pescoço, esbofeteou-me, deitou-me em terra, deixando-me sem fala e a tratar-me no hospital. Um outro – um malvado em cujas mãos não sei como fui cair – certa vez, altercamos, e deu-me uma facada do lado esquerdo, da qual ainda tenho sinal. Ah! Tem sido um tormento... Bem me dizia minha mãe: toma cuidado, minha filha, toma cuidado. Esses homens só querem nosso corpo por segundos, depois vão-se e nos deixam um filho nos quartos, quando não nos roubam como fez teu pai comigo...

– Como?... Como foi isso?, interrogou admirado o coronel.

– Não sei bem como foi, retrucou ela. Minha mãe me contava que ela era honesta; que vivia na cidade do Cabo com seus pais, de cuja companhia fora seduzida por um caixeiro português que lá aparecera e com quem veio para o Recife. Nasci deles e dois meses, ou mais, depois do meu nascimento, meu pai foi ao Cabo liquidar a herança (um sítio, uma vaca, um cavalo) que coubera à minha mãe por morte de seus pais. Vindo de receber a herança, partiu dias depois para aqui e nunca mais ela soube notícias dele, nem do dinheiro, que, vendido o herdado, lhe ficara dos meus avós.

– Como se chamava teu pai?, indagou o comendador com estranho entono.

– Não me lembra bem; era Mota ou Costa... Não sei... Mas o que é isso?, disse ela de repente, olhando o comendador. Que tem o senhor?

– Nada... Nada... retrucou o comendador experimentando um sorriso. Você não se lembra das feições desse homem?, interrogou ele.

– Não me lembra, não. Que interesse! Quem sabe que o senhor não é meu pai? gracejou ela.

O gracejo caiu de chofre naqueles dois espíritos tensos, como uma ducha frigidíssima. O coronel olhava o comendador que tinha as faces em brasa; este, àquele; por fim depois de alguns segundos o coronel querendo dar uma saída à situação, simulou rir-se e perguntou:

– Você nunca mais soube alguma coisa... qualquer coisa? Hein?

– Nada... Que me lembre, nada... Ah! Espere... Foi... É. Sim! Seis meses antes da morte de minha mãe, ouvi dizer em casa, não sei por quem, que ele estava no Rio implicado num caso de moeda falsa. É o que me lembra, disse ela.

– O quê? Quando foi isso?, indagou pressuroso o comendador.

A mulata, que ainda não se havia bem apercebido do estado do comendador, respondeu ingenuamente:

– Mamãe morreu em setembro de 1893, por ocasião da revolta... Ouvi contar essa história em fevereiro. É isso.

O comendador não perdera uma sílaba; e, com a boca meio aberta, parecia querê-las engolir uma e uma; com as faces congestionadas e os olhos esbugalhados, a sua fisionomia estava horrível.

O coronel e a mulata, extáticos, estuporados, entreolhavam-se.

Durante um segundo nada se lhes antolhava fazer. Ficaram como idiotas; em breve, porém, o comendador, num supremo esforço, disse com voz sumida:

— Meu Deus! É minha filha!

Setembro 1904

O FILHO DA GABRIELA

A Antônio Noronha Santos

"Chaque progrès, au fond, est un avortement
Mais l'échec même sert."

Guyau

— **A**bsolutamente não pode continuar assim... Já passa... É todo o dia! Arre!

— Mas é meu filho, minh'ama.

— E que tem isso? Os filhos de vocês agora têm tanto luxo. Antigamente, criavam-se à toa; hoje, é um deus nos acuda; exigem cuidados, têm moléstias... Fique sabendo: não pode ir amanhã!

— Ele vai melhorando, Dona Laura; e o doutor disse que não deixasse de levá-lo lá, amanhã...

— Não pode, não pode, já lhe disse! O conselheiro precisa chegar cedo à escola; há exames e tem de almoçar cedo... Não vai, não senhora! A gente tem criados pra quê? Não vai, não!

— Vou, e vou sim!... Que bobagem!... Quer matar o pequeno, não é? Pois sim... Está-se "ninando"...

— O que é que você disse, hein?

— É isso mesmo: vou e vou!

— Atrevida!

— Atrevida é você, sua... Pensa que não sei...

Em seguida as duas mulheres se puseram caladas durante um instante: a patroa — uma alta senhora, ainda moça de uma beleza suave e marmórea — com os lábios finos muito descorados e entreabertos, deixando ver os dentes aperolados, muito iguais, cerrados de cólera; a criada agitada, transformada, com faiscações desusadas nos olhos pardos e tristes. A patroa não se demorou assim muito tempo. Violentamente contraída naquele segundo a sua fisionomia repentinamente se abriu num choro convulsivo.

A injúria da criada, decepções matrimoniais, amarguras do seu ideal amoroso, fatalidades de temperamento, todo aquele obscuro drama de sua alma, feito de uma porção de coisas que não chegava bem a colher, mas nas malhas das quais se sentia presa e sacudida, subiu-lhe de repente à consciência, e ela chorou.

Na sua simplicidade popular, a criada também se pôs a chorar, enternecida pelo sofrimento que ela mesma provocara na ama.

E ambas, pelo fim dessa transfiguração inopinada, entreolharam-se surpreendidas, pensando que se acabavam de conhecer naquele instante, tendo até ali vagas notícias uma da outra, como se vivessem longe, tão longe, que só agora haviam distinguido bem nitidamente o tom de voz próprio a cada uma delas.

No entendimento peculiar de uma e de outra, sentiram-se irmãs na desoladora mesquinhez da nossa natureza e iguais, como frágeis consequências de um misterioso encadear de acontecimentos, cuja ligação e fim lhes escapavam completamente, inteiramente...

A dona da casa, à cabeceira da mesa de jantar, manteve-se silenciosa, correndo, de quando em quando, o olhar ainda úmido pelas ramagens do atoalhado, indo, às vezes, com ele até à bandeira da porta defronte, donde pendia a gaiola do canário, que se sacudia na prisão niquelada.

De pé, a criada avançou algumas palavras. Desculpou-se inábil e despediu-se humilde.

— Deixe-se disso, Gabriela, disse Dona Laura. Já passou tudo; eu não guardo rancor; fique! Leve o pequeno amanhã... Que vai você fazer por esse mundo afora?

— Não senhora... Não posso... É que...

E de um hausto falou com tremuras na voz:

— Não posso, não minh'ama; vou-me embora!

Durante um mês, Gabriela andou de bairro em bairro, à procura de aluguel. Pedia lessem-lhe anúncios, corria, seguindo as indicações, a casas de gente de toda a espécie. Sabe cozinhar? perguntavam. – Sim, senhora, o trivial. – Bem, e lavar? Serve de ama? – Sim, senhora; mas se fizer uma coisa, não quero fazer outra. – Então, não me serve, concluía a dona da casa. É um luxo... Depois queixam-se que não têm onde se empreguem...

Procurava outras casas; mas nesta já estavam servidas, naquela o salário era pequeno e naquela outra queriam que dormisse em casa e não trouxesse o filho.

A criança, durante esse mês, viveu relegada a um canto da casa de uma conhecida da mãe. Um pobre quarto de estalagem, úmido que nem uma masmorra. De manhã, via a mãe sair; à tarde, quase à boca da noite, via-a entrar desconfortada. Pelo dia em fora, ficava num abandono de enternecer. A hóspede, de longe em longe, olhava-o cheia de raiva. Se chorava aplicava-lhe palmadas e gritava colérica: "Arre diabo! A vagabunda de tua mãe anda saracoteando... Cala a boca, demônio! Quem te fez, que te ature..."

Aos poucos, a criança tomou-se de medo; nada pedia, sofria fome, sede, calado. Enlanguescia a olhos vistos e sua mãe, na caça de aluguel, não tinha tempo para levá-lo ao doutor do posto médico. Baço, amarelado, tinha as pernas que nem palitos e o ventre como o de um batráquio. A mãe notava-lhe o enfraquecimento, os progressos da moléstia e desesperava, não sabendo que alvitre tomar. Um dia pelos outros, chegava em casa semiembriagada, escorraçando o filho e trazendo algum dinheiro. Não confessava a ninguém a origem dele; em outros mal entrava, beijava muito o pequeno, abraçava-o. E assim corria a cidade. Numa destas correrias passou pela porta do conselheiro, que era o marido de Dona Laura. Estava no portão, a lavadeira, parou e falou-lhe; nisto, viu aparecer a sua antiga patroa numa janela lateral. "– Bom dia minh'ama" – "Bom dia, Gabriela. Entre." Entrou. A esposa do conselheiro perguntou-lhe se já tinha emprego; respondeu-lhe que não. "Pois olha, disse-lhe a senhora, eu ainda não arranjei cozinheira, se tu queres..."

Gabriela quis recusar, mas Dona Laura insistiu.

Entre elas, parecia que havia agora certo acordo íntimo, um quê de mútua proteção e simpatia. Uma tarde em que Dona Laura voltava da cidade, o filho da Gabriela, que estava no portão, correu imediatamente para a moça e disse-lhe, estendendo a mão: "a bênção". Havia tanta tristeza no seu gesto, tanta simpatia e sofrimento, que aquela alta senhora não lhe pôde negar a esmola de um afago, de uma carícia sincera. Nesse dia, a cozinheira notou que ela estava triste e, no dia seguinte, não foi sem surpresa que Gabriela se ouviu chamar.

– Ó Gabriela!
– Minh'ama.
– Vem cá.

Gabriela consertou-se um pouco e correu à sala de jantar, onde estava a ama.

– Já batizaste o teu pequeno? perguntou-lhe ela ao entrar.
– Ainda não.
– Por quê? Com quatro anos!
– Por quê? Porque ainda não houve ocasião...
– Já tens padrinhos?
– Não, senhora.
– Bem; eu e o conselheiro vamos batizá-lo. Aceitas?

Gabriela não sabia como responder, balbuciou alguns agradecimentos e voltou ao fogão com lágrimas nos olhos.

O conselheiro condescendeu e cuidadosamente começou a proprocurar um nome adequado. Pensou em Huáscar, Ataliba, Guatemozim; consultou dicionários, procurou nomes históricos, afinal resolveu-se por "Horácio", sem saber porquê.

Assim se chamou e cresceu. Conquanto tivesse recebido um tratamento médico regular e a sua vida na casa do conselheiro fosse relativamente confortável, o pequeno Horácio não perdeu nem a reserva nem o enfezado dos seus primeiros anos de vida. À proporção que crescia, os traços se desenhavam, alguns finos: o corte da testa, límpida e reta; o olhar doce e triste, como o da mãe, onde havia, porém, alguma coisa a mais – um fulgor, certas expressões particulares, principalmente quando calado e concentrado. Não obstante, era feio, embora simpático e bom de ver.

Pelos seis anos, mostrava-se taciturno, reservado e tímido, olhando interrogativamente as pessoas e coisas, sem articular uma pergunta. Lá vinha um dia, porém, que o Horácio rompia numa alegria ruidosa; punha-se a correr, a brincar, a cantarolar, pela casa toda, indo do quintal para as salas, satisfeito, contente, sem motivo e sem causa.

A madrinha espantava-se com esses bruscos saltos de humor, queria entendê-los, explicá-los e começou por se interessar pelos seus trejeitos. Um dia, vendo o afilhado a cantar, a brincar, muito contente, depois de uma porção de horas de silêncio e calma, correu ao piano e acompanhou-lhe a cantiga, depois, emendou com uma ária qualquer. O menino calou-se, sentou-se no chão e pôs-se a olhar, com olhos tranquilos e calmos, a madrinha, inteiramente delido nos sons que saíam dos seus dedos. E quando o piano parou, ele ainda ficou algum tempo esquecido naquela postura, com o olhar perdido numa cisma sem-fim. A atitude imaterial do menino tocou a madrinha, que o tomou ao colo, abraçando-o e beijando-o, num afluxo de ternura, a que não eram estranhos os desastres de sua vida sentimental.

Pouco depois a mãe lhe morria. Até então vivia numa semidomesticidade. Daí em diante, porém, entrou completamente na família do Conselheiro Calaça. Isso entretanto, não lhe retirou a taciturnidade e a reserva; ao contrário, fechou-se em si e nunca mais teve crises de alegria.

Com sua mãe ainda tinha abandonos de amizade, efusões de carícias e abraços. Morta que ela foi, não encontrou naquele mundo tão diferente, pessoa a quem se pudesse abandonar completamente, embora pela madrinha continuasse a manter uma respeitosa e distante amizade, raramente aproximada por uma carícia, por um afago.

Ia para o colégio calado, taciturno, quase carrancudo, e, se, pelo recreio, o contágio obrigava-o a entregar-se à alegria e aos folguedos, bem cedo se arrependia, encolhia-se e sentava-se, vexado, a um canto. Voltava do colégio como fora, sem brincar pelas ruas, sem traquinadas, severo e insensível. Tendo uma vez brigado com um colega, a professora o repreendeu severamente, mas o conselheiro, seu padrinho, ao saber do caso, disse com rispidez: "Não continue, hein? O senhor não pode brigar – está ouvindo?"

E era assim sempre o seu padrinho, duro, desdenhoso, severo em demasia com o pequeno, de quem não gostava, suportando-o unicamente em atenção à mulher – maluquices da Laura, dizia ele. Por vontade dele, tinha-o posto logo num asilo de menores, ao morrer-lhe a mãe; mas a madrinha não quis e chegou até a conseguir que o marido o colocasse num estabelecimento oficial de instrução secundária, quando acabou com brilho o curso primário.

Não foi sem resistência que ele acedeu, mas os rogos da mulher, que agora juntava à afeição pelo pequeno uma secreta esperança no seu talento, tanto fizeram que o conselheiro se empenhou e obteve.

Em começo, aquela adoção fora um simples capricho de Dona Laura; mas, com o tempo, os seus sentimentos pelo menino foram ganhando importância e ficando profundos, embora exteriormente o tratasse com um pouco de cerimônia.

Havia nela mais medo da opinião, das sentenças do conselheiro, do que mesmo necessidade de disfarçar o que realmente sentia, e pensava.

Quem a conheceu solteira, muito bonita, não a julgaria capaz de tal afeição; mas, casada, sem filhos, não encontrando no casamento nada que sonhara, nem mesmo o marido, sentiu o vazio da existência, a inanidade dos seus sonhos, o pouco alcance da nossa vontade; e, por uma reviravolta muito comum, começou a compreender confusamente todas as vidas e almas, a compadecer-se e a amar tudo, sem amar bem coisa alguma. Era uma parada de sentimento e a corrente que se acumulara nela, perdendo-se do seu leito natural, extravasara e inundara tudo.

Tinha um amante e já tivera outros, mas não era bem a parte mística do amor que procurara neles. Essa, ela tinha certeza que jamais podia encontrar; era a parte dos sentidos tão exuberantes e exaltados depois das suas contrariedades morais.

Pelo tempo em que o seu afilhado entrara para o colégio secundário, o amante rompera com ela; e isto a fazia sofrer, tinha medo de não possuir mais beleza suficiente para arranjar um outro como "aquele"; e a esse desastre sentimental não foi estranha a energia dos seus rogos junto ao marido para admissão do Horácio no estabelecimento oficial.

O conselheiro, homem de mais de sessenta anos, continuava superiormente frio, egoísta e fechado, sonhando sempre uma posição mais alta ou que julgava mais alta. Casara-se por necessidade decorativa. Um homem de sua posição não podia continuar viúvo; atiraram-lhe aquela menina pelos olhos, ela o aceitou por ambição e ele por conveniência. No mais, lia os jornais, o câmbio especialmente, e, de manhã passava os olhos nas apostilas de sua cadeira – apostilas por ele organizadas, há quase trinta anos, quando dera as suas primeiras lições, moço, de vinte e cinco anos, genial nas aprovações e nos prêmios.

Horácio, toda manhã, ao sair para o colégio, lá avistava o padrinho atarraxado na cadeira de balanço a ler atentamente o jornal: "A bênção, meu padrinho!" – "Deus te abençoe", dizia ele, sem menear a cabeça do espaldar e no mesmo tom de voz com que pediria os chinelos à criada.

Em geral, a madrinha estava deitada ainda e o menino saía para o ambiente ingrato da escola, sem um adeus, sem dar um beijo, sem ter quem lhe reparasse familiarmente o paletó. Lá ia. A viagem de bonde, ele a fazia humilde, espremido a um canto do veículo, medroso que seu paletó roçasse as sedas de uma rechonchuda senhora ou que seus livros tocassem nas calças de um esquelético capitão de uma milícia qualquer. Pelo caminho, arquitetava fantasias; seu espírito divagava sem nexo. À passagem de um oficial a cavalo, imaginava-se na guerra, feito general, voltando vencedor, vitorioso de ingleses, de alemães, de americanos e entrando pela Rua do Ouvidor aclamado como nunca se fora aqui. Na sua cabeça ainda infantil, em que a fraqueza de afetos próximos concentrava o pensamento, a imaginação palpitava, tinha uma grande atividade, criando toda a espécie de fantasmagorias que lhe apareciam como fatos possíveis, virtuais.

Eram-lhe as horas de aula um bem triste momento. Não que fosse vadio, estudava o seu bocado, mas o espetáculo do saber, por um lado grandioso e apoteótico, pela boca dos professores, chegava-lhe tisnado e um quê desarticulado. Não conseguia ligar bem umas coisas às outras, além do que tudo aquilo lhe aparecia solene, carrancudo e feroz. Um teorema tinha o ar autoritário de um régulo selvagem; e aquela gramática cheia de regrinhas, de exceções, uma coisa cabalística, caprichosa e sem aplicação útil.

O mundo parecia-lhe uma coisa dura, cheia de arestas cortantes, governado por uma porção de regrinhas de três linhas, cujo segredo e aplicação estavam entregues a uma casta de senhores, tratáveis uns, secos outros, mas todos velhos e indiferentes.

Aos seus exames ninguém assistia, nem por ele alguém se interessava; contudo, foi sempre regularmente aprovado.

Quando voltava do colégio, procurava a madrinha e contava-lhe o que se dera nas aulas. Narrava-lhe pequenas particularidades do dia, as notas que obtivera e as travessuras dos colegas.

Uma tarde, quando isso ia fazer, encontrou Dona Laura atendendo a uma visita. Vendo-o entrar e falar à dona da casa, tomando-lhe a bênção, a senhora estranha perguntou: "Quem é este pequeno?" – "É meu afilhado", disse-lhe Dona Laura. – "Teu afilhado? Ahn! Sim! É o filho da Gabriela..."

Horácio ainda esteve um instante calado, estatelado e depois chorou nervosamente.

Quando se retirou observou a visita à madrinha:

– Você está criando mal esta criança. Faz-lhe muitos mimos, está lhe dando nervos...

– Não faz mal. Podem levá-lo longe.

E assim corria a vida do menino em casa do conselheiro.

Um domingo ou outro, só ou com um companheiro, vagava pelas praias, pelos bondes ou pelos jardins. O Jardim Botânico era-lhe preferido. Ele e o seu constante amigo Salvador sentavam-se a um banco, conversavam sobre os estudos comuns, maldiziam este ou aquele professor. Por fim, a conversa vinha a enfraquecer; os dois se calavam instantes. Horácio deixava-se penetrar pela flutuante poesia das coisas, das árvores, dos céus, das nuvens; acariciava com o olhar as angustiadas colunas das montanhas, simpatizava com o arremesso dos pincaros, depois deixava-se ficar, ao chilreio do passaredo, cismando vazio, sem que a cisma lhe fizesse ver coisa definida, palpável pela inteligência. Ao fim, sentia-se como que liquefeito, vaporizado nas coisas — era como se perdesse o feitio humano e se integrasse naquele verde-escuro da mata ou naquela mancha faiscante de prata que a água a correr deixava na encosta da montanha. Com que volúpia, em tais momentos, ele se via dissolvido na natureza, em estado de fragmentos, em átomos, sem sofrimento, sem pensamento, sem dor! Depois de ter ido ao indefinido, apavorava-se com o aniquilamento e voltava a si, aos seus desejos, às suas preocupações com pressa e medo. — Salvador, de que gostas mais, do inglês ou francês? — Eu do francês; e tu? — Do inglês. — Por quê? — Porque pouca gente o sabe.

A confidência saía-lhe a contragosto, era dita sem querer. Temeu que o amigo o supusesse vaidoso. Não era bem esse sentimento que o animava; era uma vontade de distinção, de reforçar a sua individualidade, que ele sentia muito diminuída pelas circunstâncias ambientes. O amigo não entrava na natureza do seu sentimento e despreocupadamente perguntou: — Horácio, já assististe a uma festa de São João? — Nunca. — Queres assistir a uma? — Quero, onde? — Na ilha, em casa de meu tio.

Pela época, a madrinha consentiu. Era um espetáculo novo; era um outro mundo que se abria aos seus olhos. Aquelas longas curvas das praias, que perspectivas novas não abriam em seu espírito! Ele se ia todo nas cristas brancas das ondas e nos largos horizontes que descortinava.

Em chegando a noite, afastou-se da sala. Não entendia aqueles folguedos, aquele dançar sôfrego, sem pausa, sem alegria, como se fosse um castigo. Sentado a um banco do lado de fora, pôs-se a apreciar a noite, isolado, oculto, fugido, solitário, que se sentia ser no ruído da vida. Do seu canto escuro, via tudo mergulhado numa vaga semiluz. No céu negro, a luz pálida das estrelas; na cidade defronte, o revérbero da iluminação; luz, na fogueira votiva, nos balões ao alto, nos foguetes que espoucavam, nos fogaréus das proximidades e das distâncias – luzes contínuas, instantâneas, pálidas, fortes; e todas no conjunto pareciam representar um esforço enorme para espancar as trevas daquela noite de mistérios.

No seio daquela bruma iluminada, as formas das árvores boiavam como espectros; o murmúrio do mar tinha alguma coisa de penalizado diante do esforço dos homens e dos astros para clarear as trevas. Havia naquele instante, em todas as almas, um louco desejo de decifrar o mistério que nos cerca; e as fantasias trabalhavam para idear meios que nos fizessem comunicar com o Ignorado, com o Invisível. Pelos cantos sombrios da chácara pessoas deslizavam. Iam ao poço ver a sombra – sinal de que viveriam o ano; iam disputar galhos de arruda ao diabo; pelas janelas, deixavam copos com ovos partidos para que o sereno, no dia seguinte, trouxesse as mensagens do Futuro.

O menino, sentindo-se arrastado por aquele frêmito de augúrio e feitiçaria, percebeu bem como vivia envolvido, mergulhado, no indistinto, no indecifrável; e uma onda de pavor, imensa e aterradora, cobriu-lhe o sentimento.

Dolorosos foram os dias que se seguiram. O espírito sacolejou-lhe o corpo violentamente. Com afinco estudava, lia os compêndios; mas não compreendia, nada retinha. O seu entendimento como que vazava. Voltava, lia, lia e lia e, em seguida, virava as folhas sofregamente, nervosamente, como se quisesse descobrir debaixo delas um outro mundo cheio de bondade e satisfação. Horas havia que ele desejava abandonar aqueles livros, aquela lenta aquisição de noções e ideias, reduzir-se e anular-se; horas havia, porém, que um desejo ardente lhe vinha de saturar-se de saber, de absorver todo o conjunto das ciências e das artes. Ia de um sentimento para outro; e foi vã a agitação. Não encontrava solução, saída; a desordem das ideias e a incoerência das sensações não lhe podiam dar uma e cavavam-lhe a saúde. Tornou-se mais flébil, fatigava-se facilmente. Amanhecia cansado de dormir e dormia cansado de estar em vigília. Vivia irritado, raivoso, não sabia contra quem.

Certa manhã, ao entrar na sala de jantar, deu com o padrinho a ler os jornais, segundo o seu hábito querido.

– Horácio, você passe na casa do Guedes e traga-me a roupa que mandei consertar.

– Mande outra pessoa buscar.

– O quê?

— Não trago.
— Ingrato! Era de esperar...

E o menino ficou admirado diante de si mesmo, daquela saída de sua habitual timidez.

Não sabia onde tinha ido buscar aquele desaforo imerecido, aquela tola má-criação; saiu-lhe como uma coisa soprada por outro e que ele unicamente pronunciasse.

A madrinha interveio, aplainou as dificuldades; e, com a agilidade de espírito peculiar ao sexo, compreendeu o estado d'alma do rapaz. Reconstituiu-o com os gestos, com os olhares, com as meias palavras, que percebera em tempos diversos e cuja significação lhe escapara no momento, mas que aquele ato, desusadamente brusco e violento, aclarava por completo. Viu-lhe o sofrimento de viver à parte, a transplantação violenta, a falta de simpatia, o princípio de ruptura que existia em sua alma, e que o fazia passar aos extremos das sensações e dos atos.

Disse-lhe coisas doces, ralhou-o, aconselhou-o, acenou-lhe com a fortuna, a glória e o nome.

Foi Horácio para o colégio abatido, preso de um estranho sentimento de repulsa, de nojo por si mesmo. Fora ingrato, de fato; era um monstro. Os padrinhos lhe tinham dado tudo, educado, instruído. Fora sem querer, fora sem pensar; e sentia bem que a sua reflexão não entrara em nada naquela resposta que dera ao padrinho. Em todo o caso, as palavras foram suas, foram ditas com sua voz e a sua boca, e se lhe nasceram do íntimo sem a colaboração da inteligência, devia acusar-se de ser fundamentalmente mau...

Pela segunda aula, pediu licença. Sentia-se doente, doía-lhe a cabeça e parecia que lhe passavam um archote fumegante pelo rosto.

— Já, Horácio? perguntou-lhe a madrinha, vendo-o entrar.
— Estou doente.

E dirigiu-se para o quarto. A madrinha seguiu-o. Chegado que foi, atirou-se à cama, ainda meio-vestido.

— Que é que você tem, meu filho?
— Dores de cabeça... um calor...

A madrinha tomou-lhe o pulso, assentou as costas da mão na testa e disse-lhe ainda algumas palavras de consolação: que aquilo não era nada; que o padrinho não lhe tinha rancor; que sossegasse.

O rapaz, deitado, com os olhos semicerrados, parecia não ouvir; voltava-se de um lado para outro; passava a mão pelo rosto, arquejava e debatia-se. Um instante pareceu sossegar, ergueu-se sobre o travesseiro e chegou a mão aos olhos, no gesto de quem quer avistar alguma coisa ao longe. A estranheza do gesto assustou a madrinha.
— Horácio!... Horácio!...
— Estou dividido... Não sai sangue...
— Horácio, Horácio, meu filho!
— Faz sol... Que sol!... Queima... Árvores enormes... Elefantes...
— Horácio, que é isso? Olha; é tua madrinha!
— Homens negros... fogueira... Um se estorce... Chi! Que coisa!... O meu pedaço dança...
— Horácio! Genoveva, traga água de flor... Depressa, um médico... Vá chamar, Genoveva!
— Já não é o mesmo... é outro... lugar, mudou... uma casinha branca... carros de bois... nozes... figos... lenços...
— Acalma-te, meu filho!
— Ué! Chi! Os dois brigam...
Daí em diante a prostração tomou-o inteiramente. As últimas palavras não saíam perfeitamente articuladas. Pareceu sossegar. O médico entrou, tomou a temperatura, examinou-o e disse com a máxima segurança:
— Não se assuste, minha senhora. É delírio febril, simplesmente. Dê-lhe o purgante, depois as cápsulas, que, em breve, estará bom.

1906

A NOVA CALIFÓRNIA

Ninguém sabia donde viera aquele homem. O agente do correio pudera apenas informar que acudia ao nome de Raimundo Flamel, pois assim era subscrita a correspondência que recebia. E era grande. Quase diariamente, o carteiro lá ia a um dos extremos da cidade, onde morava o desconhecido, sopesando um maço alentado de cartas vindas do mundo inteiro, grossas revistas em língua arrevesadas, livros, pacotes...

Quando Fabrício, o pedreiro, voltou de um serviço em casa do novo habitante, todos na venda perguntaram-lhe que trabalho lhe tinha sido determinado.

– Vou fazer um forno, disse o preto, na sala de jantar. Imaginem o espanto da pequena cidade de Tubiacanga, ao saber de tão extravagante construção: um forno na sala de jantar! E, pelos dias seguintes, Fabrício pôde contar que vira balões de vidros, facas sem corte, copos como os da farmácia – um rol de coisas esquisitas a se mostrarem pelas mesas e prateleiras como utensílios de uma bateria de cozinha em que o próprio diabo cozinhasse.

O alarme se fez na vila. Para uns, os mais adiantados, era um fabricante de moeda falsa; para outros, os crentes e simples, um tipo que tinha parte com o tinhoso.

Chico da Tirana, o carreiro, quando passava em frente da casa do homem misterioso, ao lado do carro a chiar, e olhava a chaminé da sala de jantar a fumegar, não deixava de persignar-se e rezar um "credo" em voz baixa; e, não fora a intervenção do farmacêutico, o subdelegado teria ido dar um cerco à casa daquele indivíduo suspeito, que inquietava a imaginação de toda uma população.

Tomando em consideração as informações de Fabrício, o boticário Bastos concluíra que o desconhecido devia ser um sábio, um grande químico, refugiado ali para mais sossegadamente levar avante os seus trabalhos científicos.

Homem formado e respeitado na cidade, vereador, médico também, porque o doutor Jerônimo não gostava de receitar e se fizera sócio da farmácia para mais em paz viver, a opinião de Bastos levou tranquilidade a todas as consciências e fez com que a população cercasse de uma silenciosa admiração a pessoa do grande químico, que viera habitar a cidade.

De tarde, se o viam a passear pela margem do Tubiacanga, sentando-se aqui e ali, olhando perdidamente as águas claras do riacho, cismando diante da penetrante melancolia do crepúsculo, todos se descobriam e não era raro que às "boas-noites" acrescentassem "doutor". E tocava muito o coração daquela gente a profunda simpatia com que ele tratava as crianças, a maneira pela qual as contemplava, parecendo apiedar-se de que elas tivessem nascido para sofrer e morrer.

Na verdade, era de ver-se, sob a doçura suave da tarde, a bondade de Messias com que ele afagava aquelas crianças pretas, tão lisas de pele e tão tristes de modos, mergulhadas no seu cativeiro moral, e também as brancas, de pele baça, gretada e áspera, vivendo amparadas na necessária caquexia dos trópicos.

Por vezes, vinha-lhe vontade de pensar qual a razão de ter Bernardin de Saint-Pierre gasto toda a sua ternura com Paulo e Virgínia e esquecer-se dos escravos que os cercavam...

Em poucos dias a admiração pelo sábio era quase geral, e, não o era, unicamente porque havia alguém que não tinha em grande conta os méritos do novo habitante.

Capitão Pelino, mestre-escola e redator da *Gazeta de Tubiacanga*, órgão local e filiado ao partido situacionista, embirrava com o sábio. "Vocês hão de ver, dizia ele, quem é esse tipo... Um caloteiro, um aventureiro ou talvez um ladrão fugido do Rio."

A sua opinião em nada se baseava, ou antes, baseava-se no seu oculto despeito vendo na terra um rival para a fama de sábio de que gozava. Não que Pelino fosse químico, longe disso; mas era sábio, era gramático. Ninguém escrevia em Tubiacanga que não levasse bordoada do Capitão Pelino, e mesmo quando se falava em algum homem notável lá no Rio, ele não deixava de dizer: "Não há dúvida! O homem tem talento, mas escreve: 'um outro', 'de resto'..." E contraía os lábios como se tivesse engolido alguma coisa amarga.

Toda a vila de Tubiacanga acostumou-se a respeitar o solene Pelino, que corrigia e emendava as maiores glórias nacionais. Um sábio...

Ao entardecer, depois de ler um pouco o Sotero, o Cândido de Figueiredo ou o Castro Lopes e de ter passado mais uma vez a tintura nos cabelos, o velho mestre-escola saía vagarosamente de casa, muito abotoado no seu paletó de brim mineiro, e encaminhava-se para a botica do Bastos a dar dois dedos de prosa. Conversar é um modo de dizer, porque era Pelino avaro de palavras, limitando-se tão somente a ouvir. Quando, porém, dos lábios de alguém escapava a menor incorreção de linguagem, intervinha e emendava. "Eu asseguro, dizia o agente do Correio, que..." Por aí, o mestre-escola intervinha com mansuetude evangélica: "Não diga 'asseguro' Senhor Bernardes; em português é 'garanto'."

E a conversa continuava depois da emenda, para ser de novo interrompida por uma outra. Por essas e outras, houve muitos palestradores que se afastaram, mas Pelino, indiferente, seguro dos seus deveres, continuava o seu apostolado de vernaculismo. A chegada do sábio veio distraí-lo um pouco da sua missão. Todo o seu esforço voltava-se agora para combater aquele rival, que surgia tão inopinadamente.

Foram vãs as suas palavras e a sua eloquência: não só Raimundo Flamel pagava em dia as suas contas, como era generoso – pai da pobreza – e o farmacêutico vira numa revista de específicos seu nome citado como químico de valor.

II

Havia já anos que o químico vivia em Tubiacanga, quando, uma bela manhã, Bastos o viu entrar pela botica adentro. O prazer do farmacêutico foi imenso. O sábio não se dignara até aí visitar fosse quem fosse, e, certo dia, quando o sacristão Orestes ousou penetrar em sua casa, pedindo-lhe uma esmola para a futura festa de Nossa Senhora da Conceição, foi com visível enfado que ele o recebeu e atendeu.

Vendo-o, Bastos saiu de detrás do balcão, correu a recebê-lo com a mais perfeita demonstração de quem sabia com quem tratava e foi quase em uma exclamação que disse:

– Doutor, seja bem-vindo.

O sábio pareceu não se surpreender nem com a demonstração de respeito do farmacêutico, nem com o tratamento universitário. Docemente olhou um instante a armação cheia de medicamentos e respondeu:

– Desejava falar-lhe em particular, Senhor Bastos.

O espanto do farmacêutico foi grande. Em que poderia ele ser útil ao homem, cujo nome corria mundo e de quem os jornais falavam com tão acendrado respeito. Seria dinheiro? Talvez... Um atraso no pagamento das rendas, quem sabe? E foi conduzindo o químico para o interior da casa, sob o olhar espantado do aprendiz, que, por um momento, deixou a "mão" descansar no gral, onde macerava uma tisana qualquer.

Por fim, achou aos fundos, bem no fundo, o quartinho que lhe servia para exames médicos mais detidos ou para as pequenas operações, porque Bastos também operava. Sentaram-se e Flamel não tardou a expor:

– Como o senhor deve saber, dedico-me à química, tenho mesmo um nome respeitado no mundo sábio...

– Sei perfeitamente, doutor, mesmo tenho disso informado, aqui, aos meus amigos.

– Obrigado. Pois bem: fiz uma grande descoberta, extraordinária...

Envergonhado com o seu entusiasmo, o sábio fez uma pausa e depois continuou:

— Uma descoberta... Mas não me convém, por ora, comunicar ao mundo sábio, compreende?

— Perfeitamente.

— Por isso precisava de três pessoas conceituadas que fossem testemunhas de uma experiência dela e me dessem um atestado em forma, para resguardar a prioridade da minha invenção... O senhor sabe: há acontecimentos imprevistos e...

— Certamente! Não há dúvida!

— Imagine o senhor que se trata de fazer ouro...

— Como? O quê? fez Bastos arregalando os olhos.

— Sim! Ouro! disse com firmeza Flamel.

— Como?

— O senhor saberá, disse o químico secamente. A questão do momento são as pessoas que devem assistir à experiência, não acha?

— Com certeza, é preciso que os seus direitos fiquem resguardados, porquanto...

— Uma delas, interrompeu o sábio, é o senhor; as outras duas o Senhor Bastos fará o favor de indicar-me.

O boticário esteve um instante a pensar, passando em revista os seus conhecimentos e, ao fim de uns três minutos, perguntou:

— O Coronel Bentes lhe serve? Conhece?

— Não. O senhor sabe que não me dou com ninguém aqui.

— Posso garantir-lhe que é homem sério, rico e muito discreto.

— É religioso? Faço-lhe esta pergunta, acrescentou Flamel logo, porque temos que lidar com ossos de defunto e só estes servem...

— Qual! É quase ateu...

— Bem! aceito. E o outro?

Bastos voltou a pensar e dessa vez demorou-se um pouco mais consultando a sua memória... Por fim falou:

— Será o Tenente Carvalhais, o coletor, conhece?

— Como já lhe disse...

— É verdade. É homem de confiança, sério, mas...

— Que é que tem?

— É maçom.

— Melhor.
— E quando é?
— Domingo. Domingo, os três irão lá em casa assistir à experiência e espero que não me recusarão as suas firmas para autenticar a minha descoberta.
— Está tratado.

Domingo, conforme prometeram, as três pessoas respeitáveis de Tubiacanga foram à casa de Flamel, e, dias depois, misteriosamente, ele desaparecia sem deixar vestígio ou explicação para o seu desaparecimento.

III

Tubiacanga era uma pequena cidade de três ou quatro mil habitantes, muito pacífica, em cuja estação, de onde em onde, os expressos davam a honra de parar. Há cinco anos não se registrava nela um furto ou roubo. As portas e janelas só eram usadas... porque o Rio as usava.

O último crime notado em seu pobre cadastro fora um assassinato por ocasião das eleições municipais; mas, atendendo que o assassino era do partido do governo, e a vítima da oposição, o acontecimento em nada alterou os hábitos da cidade, continuando ela a exportar o seu café e a mirar as suas casas baixas e acanhadas nas escassas águas do pequeno rio que a batizara.

Mas, qual não foi a surpresa dos seus habitantes quando se veio a verificar nela um dos mais repugnantes crimes de que se tem memória! Não se tratava de um esquartejamento ou parricídio; não era o assassinato de uma família inteira ou um assalto à coletoria; era coisa pior, sacrílega aos olhos de todas as religiões e consciências: violavam-se as sepulturas do "Sossego", do seu cemitério, do seu campo-santo.

Em começo, o coveiro julgou que fossem cães, mas, revistando bem o muro, não encontrou senão pequenos buracos. Fechou-os; foi inútil. No dia seguinte, um jazigo perpétuo arrombado e os ossos saqueados; no outro, um carneiro e uma sepultura rasa. Era gente ou demônio. O coveiro não quis mais continuar as pesquisas por sua conta, foi ao subdelegado e a notícia espalhou-se pela cidade.

A indignação na cidade tomou todas as feições e todas as vontades. A religião da morte precede todas e certamente será a última a morrer nas consciências. Contra a profanação, clamaram os seis presbiterianos do lugar –

os bíblias, como lhes chama o povo; clamava a agrimensor Nicolau, antigo cadete, e positivista do rito Teixeira Mendes; clamava o Major Camanho, presidente da Loja Nova Esperança; clamavam o turco Miguel Abudala, negociante de armarinho; e o cético Belmiro, antigo estudante, que vivia ao deus-dará, bebericando parati nas tavernas. A própria filha do engenheiro residente da estrada de ferro, que vivia desdenhando aquele lugarejo, sem notar sequer os suspiros dos apaixonados locais, sempre esperando que o expresso trouxesse um príncipe a desposá-la – a linda e desdenhosa Cora não pôde deixar de compartilhar da indignação e do horror que tal ato provocara em todos do lugarejo. Que tinha ela com o túmulo de antigos escravos e humildes roceiros? Em que podia interessar aos seus lindos olhos pardos o destino de tão humildes ossos? Porventura o furto deles perturbaria o seu sonho de fazer radiar a beleza de sua boca, dos seus olhos e do seu busto nas calçadas do Rio?

Decerto, não; mas era a morte, a morte implacável e onipotente, de quem ela também se sentia escrava, e que não deixaria um dia de levar a sua linda caveirinha para a paz eterna do cemitério. Aí Cora queria os seus ossos sossegados, quietos e comodamente descansando num caixão bem feito e num túmulo seguro, depois de ter sido a sua carne encanto e prazer dos vermes...

O mais indignado, porém, era Pelino. O professor deitara artigo de fundo, imprecando, bramindo, gritando: "Na história do crime, dizia ele, já bastante rica de fatos repugnantes, como sejam: o esquartejamento de Maria de Macedo, o estrangulamento dos irmãos Fuoco, não se registra um que o seja tanto como o saque às sepulturas do 'Sossego'."

E a vila vivia em sobressalto. Nas faces não se lia mais paz; os negócios estavam paralisados; os namoros suspensos. Dias e dias por sobre as casas pairavam nuvens negras e, à noite, todos ouviam ruídos, gemidos, barulhos sobrenaturais... Parecia que os mortos pediam vingança...

O saque, porém, continuava. Toda noite eram duas, três sepulturas abertas e esvaziadas de seu fúnebre conteúdo. Toda a população resolveu ir em massa guardar os ossos dos seus maiores. Foram cedo, mas, em breve, cedendo à fadiga e ao sono, retirou-se um, depois outro e, pela madrugada, já não havia nenhum vigilante. Ainda nesse dia o coveiro verificou que duas sepulturas tinham sido abertas e os ossos levados para destino misterioso.

Organizaram então uma guarda. Dez homens decididos juraram perante o subdelegado vigiar durante a noite a mansão dos mortos.

Nada houve de anormal na primeira noite, na segunda e na terceira; mas, na quarta, quando os vigias já se dispunham a cochilar, um deles julgou lobrigar um vulto esgueirando-se por entre a quadra dos carneiros. Correram e conseguiram apanhar dois dos vampiros. A raiva e a indignação até aí sopitadas no ânimo deles, não se contiveram mais e deram tanta bordoada nos macabros ladrões, que os deixaram estendidos como mortos.

A notícia correu logo de casa em casa e, quando, de manhã se tratou de estabelecer a identidade dos dois malfeitores, foi diante da população inteira que foram neles reconhecidos o Coletor Carvalhais e o Coronel Bentes, rico fazendeiro e presidente da Câmara. Este último ainda vivia e, a perguntas repetidas que lhe fizeram, pôde dizer que juntava os ossos para fazer ouro e o companheiro que fugira era o farmacêutico.

Houve espanto e houve esperanças. Como fazer ouro com ossos? Seria possível? Mas aquele homem rico, respeitado, como desceria ao papel de ladrão de mortos se a coisa não fosse verdade!

Se fosse possível fazer, se daqueles míseros despojos fúnebres se pudesse fazer alguns contos de réis, como não seria bom para todos eles!

O carteiro, cujo velho sonho era a formatura do filho, viu logo ali meios de consegui-la. Castrioto, o escrivão do juiz de paz, que o ano passado conseguiu comprar uma casa, mas ainda não a pudera cercar, pensou no muro, que lhe devia proteger a horta e a criação. Pelos olhos do sitiante Marques, que andava desde anos atrapalhado para arranjar um pasto, passou logo o prado verde do Costa, onde os seus bois engordariam e ganhariam forças...

As necessidades de cada um, aqueles ossos que eram ouro, viriam atender, satisfazer e felicitá-los; e aqueles dois ou três milhares de pessoas, homens, crianças, mulheres, moços e velhos, como se fossem uma só pessoa, correram à casa do farmacêutico.

A custo, o subdelegado pôde impedir que varejassem a botica e conseguir que ficassem na praça à espera do homem, que tinha o segredo de todo um Potosi. Ele não tardou a aparecer. Trepado a uma cadeira, tendo na mão uma pequena barra de ouro que reluzia ao forte sol da manhã, Bastos pediu graça, prometendo que ensinaria o segredo, se lhe poupassem a vida. "Queremos já sabê-lo", gritaram. Ele então explicou que era preciso redigir a receita, indicar a marcha do processo, os reativos – trabalho longo que só poderia ser entregue impresso no dia seguinte. Houve um murmúrio, alguns chegaram a gritar, mas o subdelegado falou e responsabilizou-se pelo resultado.

Docilmente, com aquela doçura particular às multidões furiosas, cada qual se encaminhou para casa, tendo na cabeça um único pensamento: arranjar imediatamente a maior porção de ossos de defunto que pudesse.

O sucesso chegou à casa do engenheiro residente da estrada de ferro. Ao jantar, não se falou em outra coisa. O doutor concatenou o que ainda sabia do seu curso, e afirmou que era impossível. Isto era alquimia, coisa morta: ouro é ouro, corpo simples, e osso é osso, um composto, fosfato de cal. Pensar que se podia fazer de uma coisa outra era "besteira". Cora aproveitou o caso para rir-se petropolimente da crueldade daqueles botocudos; mas sua mãe, Dona Emília, tinha fé que a coisa era possível.

À noite, porém, o doutor, percebendo que a mulher dormia, saltou a janela e correu em direitura ao cemitério; Cora, de pés nus, com as chinelas nas mãos, procurou a criada para irem juntas à colheita de ossos. Não a encontrou, foi sozinha; e Dona Emília, vendo-se só, adivinhou o passeio e lá foi também. E assim aconteceu na cidade inteira. O pai, sem dizer nada ao filho, saía; a mulher, julgando enganar o marido, saía; os filhos, as filhas, os criados – toda a população, sob a luz das estrelas assombradas, correu ao satânico *rendez-vous* no "Sossego". E ninguém faltou. O mais rico e o mais pobre lá estavam. Era o turco Miguel, era o professor Pelino, o doutor Jerônimo, o Major Camanho, Cora, a linda e a deslumbrante Cora, com os seus lindos dedos de alabastro, revolvia a sânie das sepulturas, arrancava as carnes ainda podres agarradas tenazmente aos ossos e deles enchia o seu regaço até ali inútil. Era o dote que colhia e as suas narinas que se abriam em asas rosadas e quase transparentes, não sentiam o fétido dos tecidos apodrecidos em lama fedorenta...

A desinteligência não tardou a surgir; os mortos eram poucos e não bastavam para satisfazer a fome dos vivos. Houve facadas, tiros, cachações. Pelino esfaqueou o turco por causa de um fêmur e mesmo entre as famílias questões surgiram. Unicamente, o carteiro e o filho não brigaram. Andaram juntos e de acordo e houve uma vez que o pequeno, uma esperta criança de onze anos, até aconselhou ao pai: "Papai, vamos onde está mamãe; ela era tão gorda..."

De manhã, o cemitério tinha mais mortos do que aqueles que recebera em trinta anos de existência. Uma única pessoa lá não estivera, não matara nem profanara sepulturas: fora o bêbedo Belmiro.

Entrando numa venda, meio aberta, e nela não encontrando ninguém, enchera uma garrafa de parati e se deixara ficar a beber sentado na margem do Tubiacanga, vendo escorrer mansamente as suas águas sobre o áspero leito de granito – ambos, ele e o rio, indiferentes ao que já viram, ao que viam, mesmo à fuga do farmacêutico, com o seu Potosi e o seu segredo, sob o dossel eterno das estrelas.

10 de novembro de 1910

O HOMEM QUE SABIA JAVANÊS

Em uma confeitaria, certa vez, ao meu amigo Castro, contava eu as partidas que havia pregado às convicções e às respeitabilidades, para poder viver.

Houve mesmo, uma dada ocasião, quando estive em Manaus, em que fui obrigado a esconder a minha qualidade de bacharel, para mais confiança obter dos clientes, que afluíam ao meu escritório de feiticeiro e adivinho. Contava eu isso.

O meu amigo ouvia-me calado, embevecido, gostando daquele meu Gil Blas vivido, até que, em uma pausa da conversa, ao esgotarmos os copos, observou a esmo:

— Tens levado uma vida bem engraçada, Castelo!

— Só assim se pode viver... Isto de uma ocupação única: sair de casa a certas horas, voltar a outras, aborrece, não achas? Não sei como me tenho aguentado lá, no consulado!

— Cansa-se; mas, não é disso que me admiro. O que me admira, é que tenhas corrido tantas aventuras aqui, neste Brasil imbecil e burocrático.

— Qual! Aqui mesmo, meu caro Castro, se podem arranjar belas páginas de vida. Imagina tu que eu já fui professor de javanês!

— Quando? Aqui, depois que voltaste do consulado?

— Não; antes. E, por sinal, fui nomeado cônsul por isso.

— Conta lá como foi. Bebes mais cerveja?

— Bebo.

Mandamos buscar mais outra garrafa, enchemos os copos, e continuei:

— Eu tinha chegado havia pouco ao Rio e estava literalmente na miséria. Vivia fugido de casa de pensão em casa de pensão, sem saber onde e como ganhar dinheiro, quando li no *Jornal do Comércio* o anúncio seguinte:

"Precisa-se de um professor de língua javanesa. Cartas, etc."

Ora, disse cá comigo, está ali uma colocação que não terá muitos concorrentes; se eu capiscasse quatro palavras, ia apresentar-me. Saí do café e andei pelas ruas, sempre a imaginar-me professor de javanês, ganhando dinheiro, andando de bonde e sem encontros desagradáveis com os "cadáveres". Insensivelmente dirigi-me à Biblioteca Nacional. Não sabia bem que livro iria pedir; mas, entrei, entreguei o chapéu ao porteiro, recebi a senha e subi. Na escada, acudiu-me pedir a *Grande Encyclopédie*, letra J, a fim de consultar o artigo relativo a Java e à língua javanesa. Dito e feito. Fiquei sabendo, ao fim de alguns minutos, que Java era uma grande ilha do arquipélago de Sonda, colônia holandesa, e o javanês, língua aglutinante do grupo maleo-polinésico, possuía uma literatura digna de nota e escrita em caracteres derivados do velho alfabeto hindu.

A *Encyclopédie* dava-me indicação de trabalhos sobre a tal língua malaia e não tive dúvidas em consultar um deles. Copiei o alfabeto, a sua pronunciação figurada e saí. Andei pelas ruas, perambulando e mastigando letras.

Na minha cabeça dançavam hieróglifos; de quando em quando consultava as minhas notas; entrava nos jardins e escrevia estes calungas na areia para guardá-los bem na memória e habituar a mão a escrevê-los.

À noite, quando pude entrar em casa sem ser visto, para evitar indiscretas perguntas do encarregado, ainda continuei no quarto a engolir o meu "a-b-c" malaio, e, com tanto afinco levei o propósito que, de manhã, o sabia perfeitamente.

Convenci-me de que aquela era a língua mais fácil do mundo e saí; mas não tão cedo que não me encontrasse com o encarregado dos aluguéis dos cômodos:

— Senhor Castelo, quando salda a sua conta?

Respondi-lhe então eu, com a mais encantadora esperança:

— Breve... Espere um pouco... Tenha paciência... Vou ser nomeado professor de javanês, e...

Por aí o homem interrompeu-me:

— Que diabo vem a ser isso, Senhor Castelo?

Gostei da diversão e ataquei o patriotismo do homem:

— É uma língua que se fala lá pelas bandas do Timor. Sabe onde é?

Oh! Alma ingênua! O homem esqueceu-se da minha dívida e disse-me com aquele falar forte dos portugueses:

— Eu cá por mim, não sei bem; mas ouvi dizer que são umas terras que temos lá para os lados de Macau. E o senhor sabe isso, Senhor Castelo?

Animado com esta saída feliz que me deu o javanês, voltei a procurar o anúncio. Lá estava ele. Resolvi animosamente propor-me ao professorado do idioma oceânico. Redigi a resposta, passei pelo *Jornal* e lá deixei a carta. Em seguida, voltei à biblioteca e continuei os meus estudos de javanês. Não fiz grandes progressos nesse dia, não sei se por julgar o alfabeto javanês o único saber necessário a um professor de língua malaia ou se por ter me empenhado mais na bibliografia e história literária do idioma que ia ensinar.

Ao cabo de dois dias, recebia eu uma carta para ir falar ao doutor Manuel Feliciano Soares Albernaz, Barão de Jacuecanga, à Rua Conde de Bonfim, não me recordo bem que número. É preciso não te esqueceres que entrementes continuei estudando o meu malaio, isto é, o tal javanês. Além do alfabeto, fiquei sabendo o nome de alguns autores, também perguntar e responder — "como está o senhor?" — e duas ou três regras de gramática, lastrado todo esse saber com vinte palavras do léxico.

Não imaginas as grandes dificuldades com que lutei, para arranjar os quatrocentos réis da viagem! É mais fácil — podes ficar certo — aprender o javanês... Fui a pé. Cheguei suadíssimo; e, com maternal carinho, as anosas mangueiras, que se perfilavam em alameda diante da casa do titular, me receberam, me acolheram e me reconfortaram. Em toda a minha vida, foi o único momento em que cheguei a sentir a simpatia da natureza...

Era uma casa enorme que parecia estar deserta; estava maltratada, mas não sei porque me veio pensar que nesse mau tratamento havia mais desleixo e cansaço de viver que mesmo pobreza. Devia haver anos que não era pintada. As paredes descascavam e os beirais do telhado, daquelas telhas vidradas de outros tempos, estavam desguarnecidos aqui e ali, como dentaduras decadentes ou malcuidadas.

Olhei um pouco o jardim e vi a pujança vingativa com que a tiririca e o carrapicho tinham expulsado os tinhorões e as begônias. Os crótons continuavam, porém, a viver com a sua folhagem de cores mortiças. Bati. Custaram-me a abrir. Veio, por fim, um antigo preto africano, cujas barbas e cabelo de algodão davam à sua fisionomia uma aguda impressão de velhice, doçura e sofrimento.

Na sala, havia uma galeria de retratos: arrogantes senhores de barba em colar se perfilavam enquadrados em imensas molduras douradas, e doces perfis de senhoras, em bandós, com grandes leques, pareciam querer subir aos ares, enfunadas pelos redondos vestidos à balão; mas, daquelas velhas coisas, sobre as quais a poeira punha mais antiguidade e respeito, a que gostei mais de ver foi um belo jarrão de porcelana da China ou da Índia, como se diz. Aquela pureza da louça, a sua fragilidade, a ingenuidade do desenho e aquele seu fosco brilho de luar, diziam-me a mim que aquele objeto tinha sido feito por mãos de criança, a sonhar, para encanto dos olhos fatigados dos velhos desiludidos...

Esperei um instante o dono da casa. Tardou um pouco. Um tanto trôpego, com o lenço de alcobaça na mão, tomando veneravelmente o simonte de antanho, foi cheio de respeito que o vi chegar. Tive vontade de ir-me embora. Mesmo se não fosse ele o discípulo, era sempre um crime mistificar aquele ancião, cuja velhice trazia à tona do meu pensamento alguma coisa de augusto, de sagrado. Hesitei, mas fiquei.

— Eu sou, avancei, o professor de javanês, que o senhor disse precisar.

— Sente-se, respondeu-me o velho. O senhor é daqui, do Rio?

— Não, sou de Canavieiras.

— Como? Fez ele. Fale um pouco alto, que sou surdo.

— Sou de Canavieiras, na Bahia, insisti eu.

— Onde fez os seus estudos?

— Em São Salvador.

— E onde aprendeu o javanês? indagou ele, com aquela teimosia peculiar aos velhos.

Não contava com essa pergunta, mas imediatamente arquitetei uma mentira. Contei-lhe que meu pai era javanês. Tripulante de um navio mercante, viera ter à Bahia, estabelecera-se nas proximidades de Canavieiras como pescador, casara, prosperara e fora com ele que aprendi javanês.

— E ele acreditou? E o físico? perguntou meu amigo, que até então me ouvira calado.

— Não sou, objetei, lá muito diferente de um javanês. Estes meus cabelos corridos, duros e grossos e a minha pele *basané* podem dar-me muito bem o aspecto de um mestiço de malaio... Tu sabes bem que, entre nós, há de tudo: índios, malaios, taitianos, malgaches, guanches, até godos. É uma comparsaria de raças e tipos de fazer inveja ao mundo inteiro.

— Bem, fez o meu amigo, continua.

— O velho, emendei eu, ouviu-me atentamente, considerou demoradamente o meu físico, pareceu que me julgava de fato filho de malaio e perguntou-me com doçura:

— Então está disposto a ensinar-me javanês?

— A resposta saiu-me sem querer: — Pois não.

— O senhor há de ficar admirado, aduziu o Barão de Jacuecanga, que eu, nesta idade, ainda queira aprender qualquer coisa, mas...

— Não tenho que admirar. Têm-se visto exemplos e exemplos muito fecundos...

— O que eu quero, meu caro senhor...?

— Castelo, adiantei eu.

— O que eu quero, meu caro Senhor Castelo, é cumprir um juramento de família. Não sei se o senhor sabe que eu sou neto do Conselheiro Albernaz, aquele que acompanhou Pedro I, quando abdicou. Voltando de Londres, trouxe para aqui um livro em língua esquisita, a que tinha grande estimação. Fora um hindu ou siamês quem lho dera, em Londres, em agradecimento a não sei que serviço prestado por meu avô. Ao morrer meu avô, chamou meu pai e lhe disse: "Filho, tenho este livro aqui, escrito em javanês. Disse-me quem mo deu que ele evita desgraças e traz felicidades para quem o tem. Eu não sei nada ao certo. Em todo o caso, guarda-o; mas, se queres que o fado que me deitou o sábio oriental se cumpra, faze com que teu filho o entenda, para que sempre a nossa raça seja feliz." Meu pai, continuou o velho barão, não acreditou muito na história; contudo, guardou o livro. Às portas da morte, ele mo deu e disse-me o que prometera ao pai. Em começo, pouco-caso fiz da história do livro. Deitei-o a um canto e fabriquei minha vida. Cheguei até a esquecer-me dele; mas, de uns tempos a esta parte, tenho passado por tanto desgosto, tantas desgraças têm caído sobre a minha velhice que me lembrei do talismã da família. Tenho que o ler, que o compreender, se não quero que os meus últimos dias anunciem o desastre da minha posteridade; e, para entendê-lo, é claro, que preciso entender o javanês. Eis aí.

Calou-se e notei que os olhos do velho se tinham orvalhado. Enxugou discretamente os olhos e perguntou-me se queria ver o tal livro. Respondi-lhe que sim. Chamou o criado, deu-lhe as instruções e explicou-me que perdera todos os filhos, sobrinhos, só lhe restando uma filha casada, cuja prole, porém, estava reduzida a um filho, débil de corpo e de saúde frágil e oscilante.

Veio o livro. Era um velho calhamaço, um *in-quarto* antigo, encadernado em couro, impresso em grandes letras, em um papel amarelado e grosso. Faltava a folha do rosto e por isso não se podia ler a data da impressão. Tinha ainda umas páginas de prefácio, escritas em inglês, onde li que se tratava das histórias do príncipe Kulanga, escritor javanês de muito mérito.

Logo informei disso o velho barão que, não percebendo que eu tinha chegado aí pelo inglês, ficou tendo em alta consideração o meu saber malaio. Estive ainda folheando o cartapácio, à laia de quem sabe magistralmente aquela espécie de vasconço, até que afinal contratamos as condições de preço e de hora, comprometendo-me a fazer com que ele lesse o tal alfarrábio antes de um ano.

Dentro em pouco, dava a minha primeira lição, mas o velho não foi tão diligente quanto eu. Não conseguia aprender a distinguir e a escrever nem sequer quatro letras. Enfim, com metade do alfabeto levamos um mês e o senhor Barão de Jacuecanga não ficou lá muito senhor da matéria: aprendia e desaprendia.

A filha e o genro (penso que até aí nada sabiam da história do livro) vieram a ter notícias do estudo do velho; não se incomodaram. Acharam graça e julgaram a coisa boa para distraí-lo.

Mas com o que tu vais ficar assombrado, meu caro Castro, é com a admiração que o genro ficou tendo pelo professor de javanês. Que coisa única! Ele não se cansava de repetir: "É um assombro! Tão moço! Se eu soubesse isso, ah! onde estava!"

O marido de Dona Maria da Glória (assim se chamava a filha do barão) era desembargador, homem relacionado e poderoso; mas não se pejava em mostrar diante de todo o mundo a sua admiração pelo meu javanês. Por outro lado, o barão estava contentíssimo. Ao fim de dois meses, desistira da aprendizagem e pedira-me que lhe traduzisse, um dia sim outro não, um trecho do livro encantado. Bastava entendê-lo, disse-me ele; nada se opunha que outrem o traduzisse e ele ouvisse. Assim evitava a fadiga do estudo e cumpria o encargo.

Sabes bem que até hoje nada sei de javanês, mas compus umas histórias bem tolas e impingi-as ao velhote como sendo do crônicon. Como ele ouvia aquelas bobagens!...

Ficava extático, como se estivesse a ouvir palavras de um anjo. E eu crescia aos seus olhos!

Fez-me morar em sua casa, enchia-me de presentes, aumentava-me o ordenado. Passava, enfim, uma vida regalada.

Contribuiu muito para isso o fato de vir ele a receber uma herança de um seu parente esquecido que vivia em Portugal. O bom velho atribuiu a coisa ao meu javanês; e eu estive quase a crê-lo também.

Fui perdendo os remorsos; mas, em todo o caso, sempre tive medo que me aparecesse pela frente alguém que soubesse o tal patuá malaio. E esse meu temor foi grande, quando o doce barão me mandou com uma carta ao Visconde de Caruru, para que me fizesse entrar na diplomacia. Fiz-lhe todas as objeções: a minha fealdade, a falta de elegância, o meu aspecto tagalo. – "Qual! retrucava ele. Vá, menino; você sabe javanês!" Fui. Mandou-me o visconde para a Secretaria dos Estrangeiros com diversas recomendações. Foi um sucesso.

O diretor chamou os chefes de seção: "Vejam só, um homem que sabe javanês – que portento!"

Os chefes de seção levaram-me aos oficiais e amanuenses e houve um destes que me olhou mais com ódio do que com inveja ou admiração. E todos diziam: "Então sabe javanês? É difícil? Não há quem o saiba aqui!"

O tal amanuense, que me olhou com ódio, acudiu então: "É verdade, mas eu sei canaque. O senhor sabe?" Disse-lhe que não e fui à presença do ministro.

A alta autoridade levantou-se, pôs as mãos às cadeiras, concertou o *pince-nez* no nariz e perguntou: "Então, sabe javanês?" Respondi-lhe que sim; e, à sua pergunta onde o tinha aprendido, contei-lhe a história do tal pai javanês. "Bem, disse-me o ministro, o senhor não deve ir para a diplomacia; o seu físico não se presta... O bom seria um consulado na Ásia ou Oceania. Por ora, não há vaga, mas vou fazer uma reforma e o senhor entrará. De hoje em diante, porém, fica adido ao meu ministério e quero que, para o ano, parta para Bale, onde vai representar o Brasil no Congresso de Linguística. Estude, leia o Hovelacque, o Max Müller, e outros!"

Imagina tu que eu até aí nada sabia de javanês, mas estava empregado e iria representar o Brasil em um congresso de sábios.

O velho barão veio a morrer, passou o livro ao genro para que o fizesse chegar ao neto, quando tivesse a idade conveniente e fez-me uma deixa no testamento.

Pus-me com afã no estudo das línguas maleo-polinésicas; mas não havia meio!

Bem-jantado, bem-vestido, bem-dormido, não tinha energia necessária para fazer entrar na cachola aquelas coisas esquisitas. Comprei livros, assinei revistas: *Revue Anthropologique et Linguistique*, *Proceedings of the English-Oceanic Association*, *Archivo Glottologico Italiano*, o diabo, mas nada! E a minha fama crescia. Na rua, os informados apontavam-me, dizendo aos outros: "Lá vai o sujeito que sabe javanês." Nas livrarias, os gramáticos consultavam-me sobre a colocação dos pronomes no tal jargão das ilhas de Sonda. Recebia cartas dos eruditos do interior, os jornais citavam o meu saber e recusei aceitar uma turma de alunos sequiosos de entenderem o tal javanês. A convite da redação, escrevi, no *Jornal do Comércio*, um artigo de quatro colunas sobre a literatura javanesa antiga e moderna...

— Como, se tu nada sabias? interrompeu-me o atento Castro.

— Muito simplesmente: primeiramente, descrevi a ilha de Java, com o auxílio de dicionários e umas poucas de geografias, e depois citei a mais não poder.

— E nunca duvidaram? perguntou-me ainda o meu amigo.

— Nunca. Isto é, uma vez quase fico perdido. A polícia prendeu um sujeito, um marujo, um tipo bronzeado que só falava uma língua esquisita. Chamaram diversos intérpretes, ninguém o entendia. Fui também chamado, com todos os respeitos que a minha sabedoria merecia, naturalmente. Demorei-me em ir, mas fui afinal. O homem já estava solto, graças à intervenção do cônsul holandês, a quem ele se fez compreender com meia dúzia de palavras holandesas. E o tal marujo era javanês – uf!

Chegou, enfim, a época do congresso, e lá fui para a Europa. Que delícia! Assisti à inauguração e às sessões preparatórias. Inscreveram-me na seção do tupi-guarani e eu abalei para Paris. Antes, porém, fiz publicar no *Mensageiro de Bale* o meu retrato, notas biográficas e bibliográficas. Quando voltei, o presidente pediu-me desculpas por me ter dado aquela seção; não conhecia os meus trabalhos e julgara que, por ser eu americano-brasileiro, me estava naturalmente indicada a seção do tupi-guarani. Aceitei as explicações e até hoje ainda não pude escrever as minhas obras sobre o javanês, para lhe mandar, conforme prometi.

Acabado o congresso, fiz publicar extratos do artigo do *Mensageiro de Bale*, em Berlim, em Turim e Paris, onde os leitores de minhas obras me ofereceram um banquete, presidido pelo Senador Gorot. Custou-me toda essa brincadeira, inclusive o banquete que me foi oferecido, cerca de dez mil francos, quase toda a herança do crédulo e bom Barão de Jacuecanga.

Não perdi meu tempo nem meu dinheiro. Passei a ser uma glória nacional e, ao saltar no cais Pharoux, recebi uma ovação de todas as classes sociais e o presidente da República, dias depois, convidava-me para almoçar em sua companhia.

Dentro de seis meses fui despachado cônsul em Havana, onde estive seis anos e para onde voltarei, a fim de aperfeiçoar os meus estudos das línguas da Malaia, Melanésia e Polinésia.

– É fantástico, observou Castro, agarrando o copo de cerveja.
– Olha: se não fosse estar contente, sabes que ia ser?
– Que?
– Bacteriologista eminente. Vamos?
– Vamos.

Gazeta da Tarde, Rio, 20 de abril de 1911

UM E OUTRO

A Deodoro Leucht

Não havia motivo para que ela procurasse aquela ligação, não havia razão para que a mantivesse. O Freitas a enfarava um pouco, é verdade. Os seus hábitos quase conjugais; o modo de tratá-la como sua mulher; os rodeios de que se servia para aludir à vida das outras raparigas; as precauções que tomava para enganá-la; a sua linguagem sempre escoimada de termos de calão ou duvidosos; enfim, aquele ar burguês da vida que levava, aquela regularidade, aquele equilíbrio davam-lhe a impressão de estar cumprindo pena.

Isto era bem verdade, mas não a absolvia perante ela mesma de estar enganando o homem que lhe dava tudo, que educava sua filha, que a mantinha como senhora, com o *chauffeur* do automóvel em que passeava duas vezes ou mais por semana. Por que não procurara *outro* mais decente? A sua razão desejava bem isso; mas o seu instinto a tinha levado.

A bem dizer, ela não gostava de homem, mas de homens; as exigências de sua imaginação, mais do que as de sua carne, eram para a poliandria. A vida a fizera assim e não havia de ser agora, ao roçar os cinquenta, que havia de corrigir-se. Ao lembrar-se de sua idade, olhou-se um pouco no espelho e viu que uma ruga teimosa começava a surgir no canto de um dos olhos. Era preciso a massagem... Examinou-se melhor. Estava de corpinho. O colo era ainda opulento, unido; o pescoço repousava bem sobre ele e ambos, colo e pescoço, se ajustavam sem saliências nem repressões.

Teve satisfação de sua carne; teve orgulho mesmo. Há quanto tempo ela resistia aos estragos do tempo e ao desejo dos homens? Não estava moça, mas se sentia ainda apetitosa. Quantos a provaram? Ela não podia sequer avaliar o número aproximado. Passavam por sua lembrança numerosas fisionomias. Muitas ela não fixara bem na memória e surgiam-lhe na recordação como coisas vagas, sombras, pareciam espíritos. Lembrava-se às vezes de um gesto, às vezes de uma frase deste ou daquele sem se lembrar dos seus traços; recordava-se às vezes da roupa sem se recordar da pessoa. Era curioso que de certos que a conheceram uma única noite e se foram para sempre, ela se lembrasse bem; e de outros que se demoraram, tivesse uma imagem apagada.

Os vestígios da sua primitiva educação religiosa e os moldes da honestidade comum subiram à sua consciência. Seria pecado aquela sua vida? Iria para o inferno? Viu um instante o seu inferno de estampa popular: as labaredas muito rubras, as almas mergulhadas nelas e os diabos, com uns garfos enormes, a obrigar os penitentes a sofrerem o suplício.

Haveria isso mesmo ou a morte seria...? A sombra da morte ofuscou-lhe o pensamento. Já não era tanto o inferno que lhe vinha aos olhos; era a morte só, o aniquilamento do seu corpo, da sua pessoa, o horror horrível da sepultura fria.

Isto lhe pareceu uma injustiça. Que as vagabundas comuns morressem, vá! Que as criadas morressem, vá! Ela, porém, ela que tivera tantos amantes ricos; ela que causara rixas, suicídios e assassinatos, morrer, era uma iniquidade sem nome! Não era uma mulher comum, ela, a Lola, a Lola desejada por tantos homens; a Lola, amante do Freitas, que gastava mais de um conto de réis por mês nas coisas triviais da casa, não podia nem devia morrer. Houve então nela um assomo íntimo de revolta contra o destino implacável.

Agarrou a blusa, ia vesti-la, mas reparou que faltava um botão. Lembrou-se de pregá-lo, mas imediatamente lhe veio a invencível repugnância que sempre tivera pelo trabalho manual. Quis chamar a criada: mas seria demorar. Lançou mão de alfinetes.

Acabou de vestir-se, pôs o chapéu, e olhou um pouco os móveis. Eram caros, eram bons. Restava-lhe esse consolo: morreria, mas morreria no luxo, tendo nascido em uma cabana. Como eram diferentes os dois momentos! Ao nascer, até aos vinte e tantos anos, mal tinha onde descansar após as labutas domésticas. Quando casada, o marido vinha suado dos trabalhos do campo e, mal-lavados, deitavam-se. Como era diferente agora... Qual! Não seria capaz de suportá-lo mais... Como é que pôde?

Seguiu-se a emigração... Como foi que veio até ali, até aquela cumeada de que se orgulhava? Não apanhava bem o encadeamento. Apanhava alguns termos da série; como porém se ligaram, como se ajustaram para fazê-la subir de criada a amante opulenta do Freitas, não compreendia bem. Houve oscilações, houve desvios. Uma vez mesmo quase se viu embrulhada numa questão de furto; mas, após tantos anos, a ascensão parecia-lhe gloriosa e retilínea. Deu os últimos toques no chapéu, consertou o cabelo na nuca, abriu o quarto e foi à sala de jantar.

— Maria, onde está a Mercedes? perguntou.

Mercedes era a sua filha, filha de sua união legal, que orçava pelos vinte e poucos anos. Nascera no Brasil, dois anos após a sua chegada, um antes de abandonar o marido. A criada correu logo a atender a patroa:

— Está no quintal conversando com a Aída, patroa. Maria era a sua copeira e Aída a lavadeira; no trem de sua casa, havia três criadas e ela, antiga criada, gostava de lembrar-se do número das que tinha agora, para avaliar o progresso que fizera na vida.

Não insistiu mais em perguntar pela filha e recomendou:

— Vou sair. Fecha bem a porta da rua... Toma cuidado com os ladrões.

Abotoou as luvas, consertou a fisionomia e pisou a calçada com um imponente ar de grande dama sob o seu caro chapéu de plumas brancas.

A rua dava-lhe mais força de fisionomia, mais consciência dela. Como se sentia estar no seu reino, na região em que era rainha e imperatriz. O olhar cobiçoso dos homens e o de inveja das mulheres acabavam o sentimento de sua personalidade, exaltavam-no até. Dirigiu-se para a Rua do Catete com o seu passo miúdo e sólido. Era manhã e, embora andássemos pelo meado do ano, o sol era forte como se já verão fosse. No caminho trocou cumprimentos com as raparigas pobres de uma casa de cômodos da vizinhança.

— Bom dia, "madama".

— Bom dia.

E debaixo dos olhares maravilhados das pobres raparigas, ela continuou o seu caminho, arrepanhando a saia, satisfeita que nem uma duquesa atravessando os seus domínios.

O *rendez-vous* era para a uma hora; tinha tempo, portanto, de dar umas voltas à cidade. Precisava mesmo que o Freitas lhe desse uma quantia maior. Já lhe falara a respeito pela manhã, quando ele saiu e tinha que buscá-la ao escritório dele.

Tencionava comprar um mimo e oferecê-lo ao *chauffeur* do "Seu" Pope, o seu último amor, o ente sobre-humano que ela via coado através da beleza daquele "carro" negro, arrogante, insolente cortando a multidão das ruas orgulhoso como um deus.

Na imaginação, ambos, *chauffeur* e "carro", não os podia separar um do outro; e a imagem dos dois era uma única de suprema beleza, tendo a seu dispor a força e a velocidade do vento.

Tomou o bonde. Não reparou nos companheiros de viagem; em nenhum ela sentiu uma alma; em nenhum ela sentiu um semelhante. Todo o seu pensamento era para o *chauffeur*, e o "carro". O automóvel, aquela magnífica máquina, que passava pelas ruas que nem um triunfador, era bem a beleza do homem que o guiava; e, quando ela o tinha nos braços, não era bem ele quem a abraçava, era a beleza daquela máquina que punha nela ebriedade, sonho e a alegria singular da velocidade. Não havia como aos sábados em que ela, recostada às almofadas amplas, percorria as ruas da cidade, concentrava os olhares e todos invejavam mais o carro que ela, a força que se continha nele e o arrojo que o *chauffeur* moderava. A vida de centenas de miseráveis, de tristes e mendicantes sujeitos que andavam a pé, estava ao dispor de uma simples e imperceptível volta no guidão; e o motorista, aquele motorista que ela beijava, que ela acariciava, era como uma divindade que dispusesse de humildes seres deste triste e desgraçado planeta.

Em tal instante, ela se sentia vingada do desdém com que a cobriam, e orgulhosa de sua vida.

Entre ambos, "carro" e *chauffeur*, ela estabelecia um laço necessário, não só entre as imagens respectivas como entre os objetos. O "carro" era como os membros do outro e os dois completavam-se numa representação interna, maravilhosa de elegância, de beleza, de vida, de insolência, de orgulho e força.

O bonde continuava a andar. Vinha jogando pelas ruas em fora, tilintando, parando aqui e ali. Passavam carroças, passavam carros, passavam automóveis. O dele não passaria certamente. Era de "garage" e saía unicamente para certos e determinados fregueses que só passeavam à tarde ou escolhiam-no para a volta dos clubes, alta noite. O bonde chegou à Praça da Glória. Aquele trecho da cidade tem um ar de fotografia, como que houve nele uma preocupação de vista, de efeito de perspectiva; e agradava-lhe. O bonde corria agora ao lado do mar. A baía estava calma, os horizontes eram límpidos e os barcos a vapor quebravam a harmonia da paisagem.

A marinha pede sempre o barco a vela; ele como que nasceu do mar, é sua criação; o barco a vapor é um grosseiro engenho demasiado humano, sem relação com ela. A sua brutalidade a violenta.

A Lola, porém, não se demorou em olhar o mar, nem o horizonte; a natureza lhe era completamente indiferente e não fez nenhuma reflexão sobre o trecho que a via passar. Considerou dessa vez os vizinhos. Todos lhe pareciam detestáveis. Tinham um ar de pouco dinheiro e regularidade sexual abominável. Que gente!

O bonde passou pela frente do Passeio Público e o seu pensamento fixou-se um instante no chapéu que tencionava comprar. Ficar-lhe-ia bem? Seria mais belo que o da Lúcia, amante do Adão "Turco"? Saltava de uma probabilidade para outra, quando lhe veio desviar da preocupação a passagem de um automóvel. Pareceu ser ele, o *chauffeur*. Qual! Num "táxi"? Não era possível. Afugentou o pensamento e o bonde continuou. Enfrentou o Teatro Municipal. Olhou-lhe as colunas, os dourados; achou-o bonito, bonito como uma mulher cheia de atavios. Na avenida, ajustou o passo, consertou a fisionomia, arrepanhou a saia com a mão esquerda e partiu ruas em fora com um ar de grande dama sob o enorme chapéu de plumas brancas.

Nas ocasiões em que precisava falar ao Freitas no escritório, ela tinha por hábito ficar num *restaurant* próximo e mandar chamá-lo por um caixeiro. Assim ele lhe recomendava e assim ela fazia, convencida como estava de que as razões com que o Freitas lhe justificara esse procedimento eram sólidas e procedentes. Não ficava bem ao alto comércio de comissões e consignações que as damas fossem procurar os representantes deles nos respectivos escritórios; e, se bem que o Freitas fosse um simples caixa da casa Antunes, Costa & Cia., uma visita como a dela podia tirar de tão poderosa firma a fama de solidez e abalar-lhe o crédito na clientela.

A espanhola ficou, portanto, próximo e, enquanto esperava o amante, pediu uma limonada e olhou a rua. Naquela hora, a Rua Primeiro de Março tinha o seu pesado trânsito habitual de grandes carroções pejados de mercadorias. O movimento quase se cingia a homens; e se, de quando em quando, passava uma mulher, vinha num bando de estrangeiros recentemente desembarcados.

Se passava um destes, Lola tinha um imperceptível sorriso de mofa. Que gente! Que magras! Onde é que foram descobrir aquela magreza de mulher? Tinha como certo que, na Inglaterra, não havia mulheres bonitas nem homens elegantes.

Num dado momento, alguém passou que lhe fez crispar a fisionomia. Era a Rita. Onde ia àquela hora? Não lhe foi dado ver bem o vestuário dela, mas viu o chapéu, cuja *pleureuse* lhe pareceu mais cara que a do seu. Como é que arranjara aquilo? Como é que havia homens que dessem tal luxo a uma mulher daquelas? Uma mulata...

O seu desgosto sossegou com essa verificação e ficou possuída de um contentamento de vitória. A sociedade regular dera-lhe a arma infalível...

Freitas chegou afinal e, como convinha à sua posição e à majestade do alto comércio, veio em colete e sem chapéu. Os dois se encontraram muito casualmente, sem nenhum movimento, palavra, gesto ou olhar de ternura.

– Não trouxeste Mercedes? perguntou ele.

– Não... Fazia muito sol...

O amante sentou-se e ela o examinou um momento. Não era bonito, muito menos simpático. Desde muito verificara isso; agora, porém, descobrira o máximo defeito da sua fisionomia. Estava no olhar, um olhar sempre o mesmo, fixo, esbugalhado, sem mutações e variações de luz. Ele pediu cerveja, ela perguntou:

– Arranjaste?

Tratava-se de dinheiro e o seu orgulho de homem do comércio, que sempre se julga rico ou às portas da riqueza, ficou um pouco ferido com a pergunta da amante.

— Não havia dificuldade... Era só vir ao escritório... Mais que fosse...

Lola suspeitava que não lhe fosse tão fácil, assim, mas nada disse. Explorava habilmente aquela sua ostentação de dinheiro, farejava "qualquer coisa" e já tomara as suas precauções.

Veio a cerveja e ambos, na mesa do *restaurant*, fizeram um numeroso esforço para conversar. O amante fazia-lhe perguntas: Vais à modista? Sais hoje à tarde? — ela respondia: sim, não. Passou de novo a Rita. Lola aproveitou o momento e disse:

— Lá vai aquela "negra".

— Quem?

— A Rita.

— A Ritinha!... Está agora com o "Louro", *croupier*, do Emporium.

E em seguida acrescentou:

— Está muito bem.

— Pudera! Há homens muito porcos.

— Pois olha: acho-a bem bonita.

— Não precisavas dizer-me. És como os outros... Ainda há quem se sacrifique por vocês.

Era seu hábito sempre procurar na conversa caminho para mostrar-se arrufada e dar a entender ao amante que ela se sacrificava vivendo com ele. Freitas não acreditava muito nesse sacrifício, mas não queria romper com ela, porque a sua ligação causava nas rodas de confeitarias, de pensões *chics* e jogo muito sucesso. Muito célebre e conhecida, com quase vinte anos de "vida ativa", o seu *collage* com a Lola que se não fora bela, fora sempre tentadora e provocante, punha a sua pessoa em foco e garantia-lhe um certo prestígio sobre as outras mulheres.

Vendo-a arrufada, o amante fingiu-se arrependido do que dissera, e vieram a despedir-se com palavras ternas.

Ela saiu contente com o dinheiro na carteira. Havia dito ao Freitas que o destinava a uma filha que estava na Espanha; mas a verdade era que mais de metade seria empregada na compra de um presente para o seu motorista amado. Subiu a Rua do Ouvidor, parando pelas montras das casas de joias. Que havia de ser? Um anel? Já lhe havia dado. Uma corrente? Também já lhe dera uma. Parou numa *vitrine* e viu uma cigarreira. Simpatizou com o objeto. Parecia caro e era ofuscante: ouro e pedrarias — uma coisa de mau gosto evidente. Achou-a maravilhosa, entrou e comprou-a sem discutir.

Encaminhou-se para o bonde cheia de satisfação. Aqueles presentes como que o prendiam mais a ela; como que o ligavam eternamente à sua carne e o faziam entrar no seu sangue.

A sua paixão pelo *chauffeur* durava havia seis meses e encontravam-se pelas bandas da Candelária, em uma casa discreta e limpa, bem frequentada, cheia de precauções para que os frequentadores não se vissem.

Faltava pouco para o encontro e ela aborrecia-se esperando o bonde conveniente. Havia mais impaciência nela que atraso no horário. O veículo chegou em boa hora e Lola tomou-o cheia de ardor e de desejo. Havia uma semana que ela não se encontrava com o motorista. A última vez em que se avistaram, nada de mais íntimo lhe pudera dizer. Freitas, ao contrário do costume, passeava com ela; e só lhe fora dado vê-lo soberbo, todo de branco, *casquette*, sentado à almofada, com o busto erecto, a guiar maravilhosamente o carro lustroso, impávido, brilhante, cuja niquelagem areada faiscava como prata nova.

Marcara-lhe aquele *rendez-vous* com muita saudade e vontade de vê-lo e agradecer-lhe a imaterial satisfação que a máquina lhe dava. Dentro daquele bonde vulgar, um instante, ela teve novamente diante dos olhos o automóvel orgulhoso, sentiu a sua trepidação, indício de sua força, e o viu deslizar, silencioso, severo, resoluto e insolente, pelas ruas em fora, dominado pela mão destra do *chauffeur* que ela amava.

Logo ao chegar, perguntou à dona da casa se o José estava. Soube que chegara mais cedo e já fora para o quarto. Não se demorou muito conversando com a patroa e correu ao aposento.

De fato, José lá estava. Fosse calor, fosse vontade de ganhar tempo, o certo é que já havia tirado de cima de si o principal vestuário. Assim que a viu entrar, sem se erguer da cama, disse:

— Pensei que não viesses.

— O bonde custou muito a chegar, meu amor.

Descansou a bolsa, tirou o chapéu com ambas as mãos e foi direta à cama. Sentou-se na borda, cravou o olhar no rosto grosseiro e vulgar do motorista; e, após um instante de contemplação, debruçou-se e beijou-o, com volúpia, demoradamente.

O *chauffeur* não retribuiu a carícia; ele as julgava desnecessárias naquele instante. Nele, o amor não tinha prefácios, nem epílogos; o assunto ataca-

-se logo. Ela não o concebia assim: resíduos da profissão e o sincero desejo daquele homem faziam-na carinhosa.

Sem beijá-lo, sentada à borda da cama, esteve um momento a olhar enternecida a má e forte catadura do *chauffeur*. José começava a impacientar-se com aquelas filigranas. Não compreendia tais rodeios que lhe pareciam ridículos.

– Despe-te!

Aquela impaciência agradava-lhe e ela quis saboreá-la mais. Levantou-se sem pressa, começou a desabotoar-se devagar, parou e disse com meiguice:

– Trago-te uma coisa.
– Que é? fez ele logo.
– Adivinha!
– Dize lá de uma vez.

Lola procurou a bolsa, abriu-a devagar e de lá retirou a cigarreira. Foi até ao leito e entregou-a ao *chauffeur*. Os olhos do homem incendiaram-se de cupidez; e os da mulher, ao vê-lo satisfeito, ficaram úmidos de contentamento.

Continuou a despir-se e, enquanto isto, ele não deixava de apalpar, de abrir e fechar a cigarreira que recebera. Descalçava os sapatos quando o José lhe perguntou com a sua voz dura e imperiosa:

– Tens passeado muito no "Pope"?
– Deves saber que não. Não o tenho mandado buscar, e tu sabes que só saio no "teu".
– Não estou mais nele.
– Como?
– Saí da casa... Ando agora num "táxi".

Quando o *chauffeur* lhe disse isso, Lola quase desmaiou; a sensação que teve foi de receber uma pancada na cabeça.

Pois então, aquele deus, aquele dominador, aquele supremo indivíduo descera a guiar um "táxi" sujo, chocalhante, malpintado, desses que parecem feitos de folha de flandres! Então ele? Então... E aquela abundante beleza do automóvel de luxo que tão alta ela via nele, em um instante, em um segundo, de todo se esvaiu. Havia internamente, entre as duas imagens, um nexo que lhe parecia indissolúvel, e o brusco rompimento perturbou-lhe completamente a representação mental e emocional daquele homem.

Não era o mesmo, não era o semideus, ele que estava ali presente; era outro ou antes era ele degradado, mutilado, horrendamente mutilado. Guiando um "táxi"... Meu Deus!

O seu desejo era ir-se, mas, ao lhe vir esse pensamento, o José perguntou:
— Vens ou não vens?

Quis pretextar qualquer coisa para sair; teve medo, porém, do seu orgulho masculino, do despeito de seu desejo ofendido.

Deitou-se a seu lado com muita repugnância, e pela última vez.

Todos os Santos (Rio de Janeiro), março de 1913.

"MISS" EDITH E SEU TIO

A pensão familiar "Boa Vista" ocupava uma grande casa da paia do Flamengo, muito feia de fachada, com dois pavimentos, possuindo bons quartos, uns nascidos com o prédio e outros que a adaptação ao seu novo destino fizera surgir com a divisão de antigas salas e a amputação de outros aposentos.

Tinha boas paredes de sólida alvenaria de tijolos e pequenas janelas de portadas de granito e linha reta, que olhavam para o mar e para uma rua lateral, à esquerda.

A construção devia datar de cerca de sessenta anos atrás e, nos seus bons tempos, certamente possuiria, como complemento, uma chácara que se estendia para o lado direito e para os fundos, chácara desaparecida, em cujos chãos se erguem atualmente prédios modernos, muito pelintras e enfezados, ao lado da velha, forte e pesadona edificação dos outros tempos.

Os aposentos e corredores da obsoleta moradia tinham uma luz especial, uma quase penumbra, esse toque de sombra do interior das velhas casas, no seio da qual flutuam sugestões e lembranças.

O prédio sofrera acréscimos e mutilações. Da antiga chácara, das mangueiras que a "viração" todas as tardes penteava a alta cabeleira verde, das jaqueiras, de ramos desorientados, das jabuticabeiras, dos sapotizeiros tristes, só restava um tamarineiro no fundo do exíguo quintal, para abrigar nos posmerídios de canícula, sob os ramos que caíam lentamente como lágrimas, algum hóspede sedentário e amoroso da sombra maternal das grandes árvores.

O grande salão da frente — a sala de honra das recepções e bailes — estava dividido em fatias de quartos e dele só ficara para lembrar o seu antigo e nobre mister, um corredor acanhado, onde os hóspedes se reuniam, após o jantar, conversando sentados em cadeiras de vime, ignobilmente mercenárias.

Dirigia a pensão Mme. Barbosa, uma respeitável viúva de seus cinquenta anos, um tanto gorda e atochada, amável como todas as donas de casas de hóspedes e ainda bem conservada, se bem que houvesse sido mãe muitas vezes, tendo até em sua companhia uma filha solteira, de vinte e poucos anos por aí, Mlle. Irene, que teimava em ficar noiva, de onde em onde, de um dos hóspedes de sua progenitora.

Mlle. Irene, ou melhor: Dona Irene, escolhia com muito cuidado os noivos. Procurava-os sempre entre os estudantes que residiam na pensão, e, entre estes, aqueles que estivessem nos últimos anos do curso, para que o noivado não se prolongasse e o noivo não deixasse de pagar a mensalidade a sua mãe.

Isto não impedia, entretanto, que o insucesso viesse coroar os seus esforços. Já fora noiva de um estudante de direito, de um outro de medicina, de um de engenharia e descera até um de dentista, sem, contudo, ser levada à presença do pretor por qualquer deles.

Voltara-se agora para os empregados públicos e toda a gente na pensão esperava o seu próximo enlace com o Senhor Magalhães, escriturário da alfândega, hóspede também da "Boa Vista", moço muito estimado pelos chefes, não só pela assiduidade ao emprego como pela competência em coisas de sua burocracia aduaneira e outras mais distantes.

Irene caíra do seu ideal de doutor até aceitar um burocrata, sem saltos, suavemente; e consolava-se interiormente com essa degradação do seu sonho matrimonial, sentindo que o seu namorado era tão ilustrado como muitos doutores e tinha razoáveis vencimentos.

Na mesa, quando a conversa se generalizava, ela via com orgulho Magalhães discutir gramática com o doutor Benevente, um moço formado que escrevia nos jornais, levá-lo à parede e explicar-lhe tropos de Camões.

E não era só nesse ponto que o seu próximo noivo demonstrava ser forte; ele o era também em matemática, como prova questionando com um estudante da Politécnica sobre geometria e com o doutorando Alves altercava sobre a eficácia da vacina, dando a entender que conhecia alguma coisa de medicina.

Não era, pois, por esse lado do saber que lhe vinha a ponta de descontentamento. De resto, em que pode interessar a uma noiva o saber do noivo?

Aborrecia-lhe um pouco a pequenez do Magalhães, verdadeiramente ridícula e, ainda por cima, o seu canhestrismo de maneiras e vestuário.

Não que ela fosse muito alta, como se pode supor; porém, algo mais do que ele, era Irene fina de talhe, longa de pescoço, ao contrário do futuro noivo que, grosso de corpo e curto de pescoço, ainda parecia mais baixo.

Naquela manhã, quando já se ia em meio dos preparativos do almoço, o tímpano elétrico anunciou estrepitosamente um visitante.

Mme. Barbosa, que superintendia na cozinha o preparo da primeira refeição dos seus hóspedes, àquele apelo da campainha elétrica, de lá mesmo gritou à Angélica:

– Vá ver quem está, Angélica!

Essa Angélica era o braço direito da patroa. Cozinheira, copeira, arrumadeira, e lavadeira, exercia alternativamente cada um dos seus ofícios, quando não dois e mais a um só tempo.

Muito nova, viera para casa de Mme. Barbosa, ao tempo em que esta não era ainda dona de pensão; e, em companhia dela, ia envelhecendo sem revoltas, nem desgostos ou maiores desejos.

Confidente da patroa e, tendo visto crianças todos os seus filhos, partilhando as alegrias e agruras da casa, recebendo por isso festas e palavras doces de todos, não se julgava bem uma criada, mas uma parenta pobre, a quem as mais ricas haviam recolhido e posto a coberto dos azares da vida inexorável.

Cultivava por Mme. Barbosa uma gratidão ilimitada e procurava com o seu auxílio humilde minorar as dificuldades da protetora.

Tinha guardado uma ingenuidade e uma simplicidade de criança que, de modo algum, diminuíam a atividade pouco metódica e interesseira dos seus quarenta e tantos anos.

Se faltava a cozinheira, lá estava ela na cozinha; se bruscamente se despedia a lavadeira, lá ia para o tanque; se não havia cozinheira e copeiro, Angélica fazia o serviço de uma e de outro; e sempre alegre, sempre agradecida à Mme. Barbosa, Dona Sinhá, como ela chamava e gostava de chamar, não sei porque irreprimível manifestação de ternura e intimidade.

A preta andava lá pelo primeiro andar na faina de arrumar os quartos dos hóspedes mais madrugadores e não ouviu nem o tinir do tímpano, nem a ordem da patroa. Não tardou que a campainha soasse outra vez e desta, imperiosa e autoritária, forte e rude, dando a entender que falava por ela a própria alma impaciente e voluntariosa da pessoa que a tocava.

Sentiu a dona da pensão que o estúpido aparelho lhe queria dizer qualquer coisa importante e não mais esperou a mansa Angélica. Foi em pessoa ver quem batia. Quando atravessou o "salão" reparou um instante na arrumação e ainda ajeitou a palmeirita que, no seu pote de faiança, se esforçava por embelezar a mesa do centro e fazer gracioso todo o aposento.

Prontificou-se em abrir a porta envidraçada e logo encontrou um casal de aparência estrangeira. Sem mais preâmbulos, o cavalheiro foi dizendo com voz breve e de comando:

– Mim quer quarto.

Percebeu Mme. Barbosa que lidava com ingleses e, com essa descoberta muito se alegrou, porque, como todos nós, ela tinha também a imprecisa e parva admiração que os ingleses, com a sua arrogância e língua pouco compreendida, souberam nos inspirar. De resto, os ingleses têm fama de dispor de muito dinheiro e ganhem duzentos, trezentos, quinhentos mil-réis por mês, todos nós logo os supomos dispondo dos milhões dos Rothschilds.

Mme. Barbosa alegrou-se, portanto, com a distinção social de tais hóspedes e com a perspectiva dos extraordinários lucros, que certamente lhe daria a riqueza deles. Apressou-se em ir pessoalmente mostrar a tão nobres personagens os cômodos que havia vagos.

Subiram ao primeiro andar e a dona da pensão apresentou com os maiores gabos um amplo quarto com vista para a entrada da baía – um rasgão na tela mutável do oceano infinito.

– Creio que servirá este. Aqui morou o doutor Elesbão, deputado por Sergipe. Conhecem?

– Oh! não, fez o inglês secamente.

– Mando pôr uma cama de casal...

Ia continuando Mme. Barbosa, quando o cidadão britânico interrompeu-a, como se estivesse zangado:

– Oh! Mim não é casada. *Miss* aqui, meu sobrinha.

A *miss* por aí baixou os olhos cheios de candura e inocência; Mme. Barbosa arrependeu-se da culpa que não tinha, e desculpou-se:

– Perdoe-me... Não sabia...

E ajuntou logo:

– Então querem dois quartos?

A companheira do inglês, até aí muda, respondeu com calor pouco britânico:

— Oh! sim, senhora!

Mme. Barbosa prontificou-se:

— Tenho, além deste quarto, um outro.

— *Where?* perguntou o inglês.

— Como? fez a proprietária.

— Onde? traduziu *miss*.

— Ali.

E Mme. Barbosa indicou uma porta quase fronteira à do aposento que mostrara em primeiro lugar. Os olhos do inglês fuzilaram bruscamente de alegria e, nos de *miss*, houve um relâmpago de satisfação. A um tempo, exclamaram:

— Muito bom!

— *All right!*

Examinaram com pressa os aposentos e já se dispunham a descer, quando, no patamar da escada, se encontraram com a Angélica. A preta olhou-os demorada e fixamente, com espanto e respeito; parou extática, como em face de uma visão radiante. À luz mortiça da claraboia empoeirada, ela viu, naqueles rostos muito alvos, naqueles cabelos loiros, naqueles olhos azuis, de um azul tão doce e imaterial, santos, gênios, alguma coisa de oratório, de igreja, da mitologia de suas crenças híbridas e ainda selvagens.

Ao fim de instantes de muda contemplação, continuou o seu caminho, carregando baldes, jarros, moringues, inebriada na visão, enquanto a sua patroa e os ingleses iniciaram a descida, durante a qual não se cansou Mme. Barbosa de elogiar o sossego e o respeito que havia na sua casa. *Mister* dizia — *yes*; e *miss* também — *yes*.

Prometeram mandar as malas no dia seguinte e a dona da pensão, tão comovida e honrada estava com a futura presença de tão soberbos hóspedes, que nem lhes falou no pagamento adiantado ou fiança.

Na porta da rua, ainda madame se deixou ficar embevecida contemplando os ingleses. Viu-os entrar no bonde; admirou-lhes o império verdadeiramente britânico com que ordenaram a parada do veículo e a segurança com que se colocaram nele; e só depois de perdê-los de vista foi que leu o cartão que o cavalheiro lhe dera:

– George T. Mac Nabs – C. E.

Radiante, certa da prosperidade de sua pensão, antevendo a sua futura riqueza e descanso dos seus velhos dias, Dona Sinhá, no carinhoso tratamento da Angélica, penetrou pelo interior do casarão adentro com um demorado sorriso nos lábios e uma grande satisfação no olhar.

Quando chegou a hora do almoço, logo que os hóspedes se reuniram na sala de jantar, Mme. Barbosa procurou um pretexto para anunciar aos seus comensais a boa-nova, a notícia maravilhosamente feliz da vinda de dois ingleses para a casa de pensão.

Olhando a sala, escolhera a mesa que destinaria ao tio e sobrinha. Ficaria a um canto, bem junto à última janela, que dava para a rua, ao lado, e à primeira que se voltava para o quintal. Era o lugar mais fresco da sala e também o mais cômodo, por ficar bem distante das outras mesas. E, pensando nessa homenagem aos seus novos fregueses, de pé na sala, encostada ao imenso *étagire*, foi que Mme. Barbosa recomendou ao copeiro em voz alta:

– Pedro, amanhã reserve a "mesa das janelas" para os novos hóspedes.

A sala de jantar da Pensão "Boa Vista" tinha a clássica mesa de centro e outras pequenas ao redor. Forrada de papel cor-de-rosa com ramagens, era decorada com umas velhas e empoeiradas oleogravuras, representando peças de caça, mortas, entre as quais um coelho que teimava em voltar o ventre encardido para fora do quadro, dando aos fregueses de Mme. Barbosa sugestões de festins luculescos. Havia também algumas de frutas e um espelho oval. Era dos poucos compartimentos da casa que não sofrera alteração e o mais bem-iluminado. Tinha três janelas que davam para a rua, à esquerda, e duas outras, com uma porta ao centro, que miravam o quintal, além das comunicações interiores.

Ouvindo tão imprevista recomendação, os hóspedes todos dirigiram o olhar para ela, cheios de estranheza, como querendo perguntar quem eram os hóspedes merecedores de tão excessiva homenagem; mas a pergunta que estava em todos os olhos, só foi feita por Dona Sofia. Sendo a mais antiga hóspede e possuindo uma razoável renda em prédios e apólices, gozava esta última senhora de uma tal ou qual intimidade com a proprietária. Dessa forma, sem rodeios, suspendendo um instante a refeição já começada, perguntou:

– Quem são esses príncipes, *madame?*

Mme. Barbosa retrucou bem alto e com certo orgulho:

– Uns ingleses ricos – tio e sobrinha.

Dona Sofia, que farejara desconfiada o contentamento da viúva Barbosa com os novos inquilinos, não pode evitar um movimento de mau humor: arrebitou mais o nariz, já de si arrebitado, deu um muxoxo e observou:

— Não gosto desses estrangeiros.

Dona Sofia havia sido casada com um negociante português que a deixara viúva rica; por isso, e muito naturalmente, não gostava desses estrangeiros; mas teve logo para contrariá-la a opinião do doutor Benevente.

— Não diga tal, Dona Sofia. O que nós precisamos é de estrangeiros... Que venham... Demais, os ingleses são, por todos os títulos, credores da nossa admiração.

De há muito, o doutor procurava captar a simpatia da rica viúva, cuja abastança, famosa na pensão, atraía-o, embora a vulgaridade dela devesse repeli-lo.

Dona Sofia não respondeu à contestação do bacharel e continuou a almoçar cheia do mais absoluto desdém.

Magalhães, no entanto, julgou-se obrigado a dizer qualquer coisa, e o fez nestes termos:

— O doutor gosta dos ingleses; pois olhe: não simpatizo com eles... Um povo frio, egoísta.

— É um engano, veio com pressa Benevente. A Inglaterra está cheia de grandes estabelecimentos de caridade, de instrução, criados e mantidos pela iniciativa particular... Os ingleses não são esses egoístas que dizem. O que eles não são é esses sentimentais piegas que nós somos, choramingas e incapazes. São fortes e...

— Fortes! Uns ladrões! Uns usurpadores! exclamou o Major Melo.

Melo era um empregado público, promovido, guindado pela República, que impressionava à primeira vista pelo seu aspecto de candidato à apoplexia. Quem lhe visse o rosto sanguíneo, o pescoço taurino, não lhe podia vaticinar outro fim. Morava com a mulher na pensão, desde que casara as filhas; e, tendo sido auxiliar, ou coisa que valha do Marechal Floriano, guardava no espírito aquele jacobinismo do 93, jacobinismo de exclamações e objurgatórias, que era o seu modo habitual de falar.

Benevente, muito calmo, sorrindo com ironia superior, como se estivesse a discutir numa academia, com outro confrade, foi ao encontro do adversário furioso:

— Meu caro senhor; é lei do mundo: os fortes devem vencer os fracos. Estamos condenados...

O bacharel usava e abusava desse fácil darwinismo de segunda mão; era o seu sistema favorito, com o qual se dava ares de erudição superior. A bem dizer, nunca lera Darwin e confundia o que o próprio sábio inglês chama de metáforas, com realidades, existências, verdades inconcussas. Do que a crítica tem oposto aos exageros dos discípulos de Darwin, dos seus amplificadores literários ou sociais, do que, enfim, se vem chamando as limitações do darwinismo, ele nada sabia, mas falava com a segurança de invocador de há quarenta anos passados e ênfase de bacharel recente, sem as hesitações e dúvidas de verdadeiro estudioso, como se tivesse entre as mãos a explicação cabal do mistério da vida e das sociedades. Essa segurança, certamente inferior, dava-lhe força e o impunha aos tolos e néscios; e, só uma inteligência mais fina, mais apta a desmontar máquinas de embuste, seria capaz de fazer reservas discretas aos méritos de Benevente. Na pensão, porém, onde as não havia, todos recebiam aquelas afirmações como ousadias inteligentes, sábias e ultramodernas.

Melo, ouvindo a afirmação do doutor, não se conteve, exaltou-se e exclamou:

– É por isso que não progredimos... Homens há, como o senhor, que dizem tais coisas... Nós precisávamos de Floriano... Aquele sim...

O nome de Floriano era para Melo uma espécie de amuleto patriótico, de égide da nacionalidade. O seu gênio político seria capaz de fazer todos os milagres, de realizar todos os progressos e modificações na índole do país.

Benevente não lhe deixou muito tempo e objetou, pondo de lado a parte de Floriano:

– É um fato, meu caro senhor. O nosso amor à verdade leva-nos a tal convicção. Que se há de fazer? A ciência prova.

A palavra altissonante de Ciência, pronunciada naquela sala mediocremente espiritual, ressoou com estridências de clarim a anunciar vitória. Dona Sofia virou-se e olhou com espanto o bacharel; Magalhães abaixou afirmativamente a cabeça; Irene arregalou os olhos; e Mme. Barbosa deixou de arrumar as xícaras de chá no *étagère*.

Melo não discutiu mais e Benevente continuou a exaltar as virtudes dos ingleses. Todos concordaram com ele sobre os grandes méritos do povo britânico: a sua capacidade de iniciativa, a sua audácia comercial, industrial e financeira, a sua honestidade, a sua lealdade e, sobretudo, rematou Florentino: a sua moralidade.

— Na Inglaterra, afirmou este último, os rapazes se casam tão puros como as raparigas.

Irene enrubesceu ligeiramente e Dona Sofia levantou-se estrepitosamente, arrastando a cadeira em que estava sentada.

Florentino, hóspede quase sempre mudo, era um velho juiz de direito aposentado, espiritista convencido, que vagava no mundo com o olhar perdido de quem perscruta o invisível.

Não percebeu que a sua afirmação havia escandalizado as senhoras e continuou serenamente:

— Lá não há esse nosso desregramento, essa falta de respeito, essa impudicícia de costumes... Há moral... O senhor quer ver uma coisa: outro dia fui ao teatro. Quer saber o que me aconteceu? Não pude ficar lá... Era tal a imoralidade que...

— Que peça era, doutor? – indagou Mme. Barbosa.

— Não sei bem... Era *laiá me deixe*.

— Ainda não vi, disse candidamente Irene.

— Pois não vá, menina! fez com indignação o doutor Florentino. Não se esqueça do que Marcos diz: "Qualquer que fizer a vontade de Deus, esse é meu irmão, e minha irmã e minha mãe, isto é, de Jesus".

Florentino gostava dos Evangelhos e os citava a cada passo, com ou sem propósito.

Alguns hóspedes levantaram-se, muitos já se tinham retirado. A sala esvaziava-se e não tardou que o jovem Benevente se erguesse também e saísse. Antes passeou pela sala o seu olhar de pequeno símio, cheio de pequeninas espertezas, e rematou sentenciosamente:

— Todos os povos fortes, como os homens são morais, isto é, são castos, doutor Florentino. Concordo com o senhor.

Conforme tinham prometido, no dia seguinte, vieram as malas dos ingleses; mas não apareceram nesse dia na sala de jantar, nem em outras partes da pensão se mostraram aos hóspedes. Só ao outro dia imediato, pela manhã, à hora do almoço, foram vistos. Entraram sem descansar o olhar sobre ninguém; cumprimentaram entre os dentes e foram sentar-se no lugar que Mme. Barbosa lhes indicou.

Como parecesse não gostar dos pratos que lhe foram apresentados, Dona Sinhá apressou-se em ir receber as suas ordens e logo se pôs a par de suas exigências e correu à cozinha para as providências necessárias.

Miss Edith, como se soube mais tarde chamar-se a moça inglesa, e o tio comiam calados, lendo cada um para o seu lado, desinteressados de toda a sala.

Vendo Dona Sofia os rapapés que a dona da pensão fazia ao par albiônico, não pôde deixar de dar um muxoxo, que era o seu modo costumeiro de criticar e desprezar.

Todos, porém, olhavam de soslaio para os dois, sem ânimo de dirigir-lhes a palavra ou fixá-los mais demoradamente. Assim foi no primeiro e nos dias que se seguiram. A sala fez-se silenciosa; as conversas bulhentas cessaram; e, se alguém queria pedir qualquer coisa ao copeiro, falava baixo. Era como se de todos se tivesse apossado a emoção que a presença dos ingleses trouxera ao débil e infantil espírito da preta Angélica.

Os hóspedes acharam neles não sei o quê de superior, de superterrestre; deslumbraram-se e encheram-se de um respeito religioso diante daquelas banalíssimas criaturas nascidas numa ilha da Europa ocidental.

A moça, mais que o homem, inspirava esse respeito. Ela não tinha a fealdade habitual das inglesas de exportação. Era até bem gentil de rosto, com uma boca leve e uns lindos cabelos louros, a puxar para o veneziano de fogo. As suas atitudes eram graves e os seus movimentos lentos, sem preguiça ou indolência. Vestia-se com simplicidade e discreta elegância.

O inglês era outra coisa: brutal de modos e fisionomia. Posara sempre de Lord Nelson ou Duque de Wellington; olhava todos com desdém e superioridade esmagadora e realçava essa sua superioridade não usando ceroulas, ou vestindo blusas de jogadores de *golf* ou bebendo cerveja com rum.

Não se ligaram a ninguém na pensão e todos suportavam aquele desprezo como justo e digno de entes tão superiores.

Nem mesmo à tarde, quando, após o jantar, vinham todos, ou quase, para a sala da frente, eles se dignavam trocar palavras com os companheiros de casa. Afastavam-se e iam para a porta da rua, onde se mantinham geralmente calados: o inglês fumando, com os olhos semicerrados, como se incubasse pensamentos transcendentes; e *Miss* Edith, com o cotovelo direito apoiado no braço da cadeira e a mão na face, olhando as nuvens, o céu, as montanhas, o mar, todos esses mistérios fundidos na hora misteriosa do crepúsculo, como se o quisesse absorver, decifrá-lo e tirar dele o segredo das coisas futuras. Os poetas que passassem no bonde, certamente, veriam nela uma casta druidesa, uma Veleda, descobrindo naquele instante imperecível o que havia de ser pelos dias vindouros em fora.

Eram assim na pensão, onde faziam trabalhar as imaginações no imenso campo do sonho. Benevente julgava-os nobres, um duque e sobrinha; tinham o ar de raça, maneiras de comando, depósito da hereditariedade secular dos seus ancestrais, começando por algum vagabundo companheiro de Guilherme da Normandia; Magalhães pensava-os parentes dos Rothschilds; Mme. Barbosa supunha Mr. Mac Nabs gerente de um banco, metendo todos os dias as mãos em tesouros da gruta de Ali Babá; Irene admitia que ele fosse um almirante, viajando por todos os mares da terra, a bordo de poderoso couraçado; Florentino, que consultara os espaços, sabia-os protegidos por um espírito superior; e o próprio Melo calara a sua indignação jacobina, para admirar as fortes botas do inglês, que pareciam durar a eternidade.

Todo o tempo em que estiveram na pensão, o sentimento que a respeito deles dominava os seus companheiros de casa, não se modificou. Até em alguns cresceu, solidificou-se, cristalizou-se em uma admiração beata e a própria Dona Sofia, vendo que a sua consideração na casa não diminuía, partilhou a admiração geral.

Em Angélica, a coisa tomara feição intensamente religiosa. Pela manhã, quando levava chocolate ao quarto da *miss*, a pobre preta entrava medrosa, tímida, sem saber como tratar a moça, se de dona, se de moça, se de patroa, se de minha Nossa Senhora.

Muitas vezes temia interromper-lhe o sono, quebrar-lhe o sereno encanto do rosto adormecido na moldura dos cabelos louros. Deixava o chocolate sobre a mesa de cabeceira; a infusão esfriava e a pobre negra, era mais tarde, repreendida em uma algaravia ininteligível, pela deusa que ela adorava. Não se emendava, porém; e, se encontrava a inglesa dormindo, a emoção do momento apagava a lembrança da repreensão. Angélica deixava o chocolate a esfriar, não despertava a moça e era de novo repreendida.

Em uma dessas manhãs, em que a preta foi levar o chocolate à sobrinha de Mr. George, com grande surpresa sua, não a encontrou no quarto. Em começo pensou que estivesse no banheiro; mas havia passado por ele e o vira aberto. Onde estaria? Farejou um milagre, uma ascensão aos céus, por entre nuvens douradas; e a *miss* bem o merecia, com o seu rosto tão puramente oval e aqueles olhos de céu sem nuvens...

Premida pelo serviço, Angélica saiu do aposento da inglesa; e foi nesse instante que viu a santa sair do quarto do tio, em trajes de dormir. O espanto foi imenso, a sua ingenuidade dissipou-se e a verdade queimou-lhe os olhos.

Deixou-a entrar no quarto e, cá no corredor, mal equilibrando a bandeja nas mãos, a deslumbrada criada murmurou entre os dentes:

— Que pouca-vergonha! Vá a gente fiar-se nesses estrangeiros... Eles são como nós...

E continuou pelos quartos no seu humilde e desprezado mister.

Todos os Santos (Rio de Janeiro), março de 1914.

COMO O "HOMEM" CHEGOU

Deus está morto; a sua piedade pelos homens matou-o.

Nietzsche

I

A política da república, como toda a gente sabe, é paternal e compassiva no tratamento das pessoas humildes que dela necessitam; e, sempre, quer se trate de humildes, quer de poderosos, a velha instituição cumpre religiosamente a lei. Vem-lhe daí o respeito que aos políticos os seus empregados tributam e a procura que ela merece desses homens, quase sempre interessados no cumprimento das leis que discutem e votam.

O caso que vamos narrar não chegou ao conhecimento do público, certamente devido à pouca atenção que lhe deram os repórteres; e é pena, pois, se assim não fosse, teriam nele encontrado pretexto para *clichés* bem macabramente mortuários que alegrassem as páginas de suas folhas volantes.

O delegado que funcionou na questão talvez não tivesse notado o grande alcance de sua obra; e tanto isso é de admirar quanto as consequências do fato concordam com luxuriantes sorites de um filósofo sempre capaz de sugerir, do pé para a mão, novíssimas estéticas aos necessitados de apresentá-las ao público bem-informado.

Sabedores de acontecimento de tal monta, não nos era possível deixar de narrá-lo com alguma minudência, para edificação dos delegados passados, presentes e futuros.

Naquela manhã, tinha a delegacia um movimento desusado. Passavam-se semanas, sem que houvesse uma simples prisão, uma pequena admoestação. A circunscrição era pacata e ordeira. Pobre, não havia furtos; sem comércio, não havia gatunos; sem indústria, não havia vagabundos, graças à sua extensão e aos capoeirões que lá havia; os que não tinham domicílio arranjavam-no facilmente em choças ligeiras sobre chão de outros donos malconhecidos.

Os regulamentos policiais não encontravam emprego; os funcionários do distrito viviam descansados e, sem desconfiança, olhavam a população do lugarejo. Compunha-se o destacamento de um cabo e três soldados; todos os quatro, gente simples, esquecida de sua condição de sustentáculos do Estado.

O comandante, um cabo gordo que falava arrastando a voz, com a cantante preguiça de um carro de boi a chiar, habitava com a família um rancho próximo e plantava ao redor melancias, colhendo-as de polpa bem rosada e doce, pelo verão inflexível da nossa terra. Um dos soldados tecia redes de pescaria, chumbava-as com cuidado para dar cerco às tainhas; e era de vê-las saltar por cima do fruto de sua indústria com a agilidade de acrobatas, agilidade surpreendente naqueles entes sem mãos e pernas diferenciadas. Um outro camarada matava o ócio pescando de caniço e quase nunca pescava crocorocas, pois diante do mar, da sua infinita grandeza, distraía-se, lembrando-se das quadrinhas que vinha compondo em louvor de uma beleza local.

Tinham também os inspetores de polícia essa concepção idílica, e não se aborreciam no morno vilarejo. Conceição, um deles, fabricava carvão e os plantões os fazia junto às caieiras, bem protegidas por cruzes toscas para que o tinhoso não entrasse nelas e fabricasse cinza em vez do combustível das engomadeiras. Um seu colega, de nome Nunes, aborrecido com o ar elísico daquela delegacia, imaginou quebrá-lo e lançou o jogo do bicho. Era uma coisa inocente: o mínimo da pule, um vintém; o máximo, duzentos réis, mas, ao chegar a riqueza do lugar, aí pelo tempo do caju, quando o sol saudoso da tarde dourava as areias e os frutos amarelos e vermelhos mais se intumesciam nos cajueiros frágeis, jogavam-se pules de dez tostões.

Vivia tudo em paz; o delegado não aparecia. Se o fazia de mês em mês, de semestre em semestre, de ano em ano, logo perguntava: houve alguma prisão? Respondiam alvissareiros: não, doutor; e a fronte do doutor se anuviava, como se sentisse naquele desuso do xadrez a morte próxima do Estado, da Civilização e do Progresso.

De onde em onde, porém, havia um caso de defloramento e este era o delito, o crime, a infração do lugarejo – um crime, uma infração, um delito muito próprio do Paraíso, que o tempo, porém, levou a ser julgado pelos polícias, quando, nas primeiras eras das nossas origens bíblicas, o fora pelo próprio Deus.

Em geral, os inspetores por eles mesmos resolviam o caso; davam paternos conselhos suasórios e a lei sagrava o que já havia sido abençoado pelas prateadas folhas das imbaúbas, nos capoeirões cerrados.

Não quis, porém, o delegado deixar que os seus subordinados liquidassem aquele caso. A paciente era filha do Sambabaia, chefe político do partido do Senador Melaço; e o agente era eleitor do partido contrário a Melaço. O programa do partido de Melaço era não fazer coisa alguma e o do contrário tinha o mesmo ideal; ambos, porém, se diziam adversários de morte e essa oposição, refletindo-se no caso, embaraçava sobremodo o subdelegado.

Interrogado, confessara-se o agente pronto a reparar o mal; e, desde há muito, a paciente dera a tal respeito a sua indispensável opinião.

A autoridade, entretanto, hesitava, por causa da incompatibilidade política do casal. As audiências se sucediam e aquela era já a quarta. Estavam os soldados atônitos com tanta demora, provinda de não saber bem o delegado se, unindo mais uma vez o par, não iria o caso desgostar Melaço e mesmo o seu adversário Jati – ambos senadores poderosos, aquele do governo e este da oposição; e, desgostar qualquer deles, punha em perigo o seu emprego, porque, quase sempre entre nós, a oposição passa a ser governo e o governo oposição instantaneamente. O consentimento dos rapazes não bastava ao caso; era preciso, além, uma reconciliação ou uma simples adesão política.

Naquela manhã, o delegado tomava mais uma vez o depoimento do agente, inquirindo-o desta forma:

– Já se resolveu?
– Pois não, doutor. Estou inteiramente a seu dispor...
– Não é bem ao meu. Quero saber se o senhor tem tenção?
– De que, doutor? De casar? Pois não, doutor.
– Não é de casar... Isto já sei... É...

— Mas, de que deve ser, então, doutor?
— De entrar para o partido do doutor Melaço.
— Eu sempre, doutor, fui pelo doutor Jati. Não posso...
— Que tem uma coisa com a outra? O senhor divide o seu voto: a metade dá para um e a outra metade para outro. Está aí!
— Mas como?
— Ora! O senhor saberá arranjar as coisas da melhor forma; e, se o fizer com habilidade, ficarei contente e o senhor será feliz, porquanto pode arranjar tanto com um como com outro, conforme andar a política no próximo quatriênio, um lugar de guarda dos mangues.
— Não há vaga, doutor.
— Qual! Há sempre vaga, meu caro. O Felizardo não se tem querido alistar, não nasceu aqui, é de fora, é "estrangeiro"; e, dessa maneira, não pode continuar a fiscalizar os mangues. É vaga certa. O senhor adere ou antes: divide a votação?
— Divido, doutor.
— Pois então...

Por aí, um dos inspetores veio avisar de que o guarda-civil de nome Hane lhe queria falar. O doutor Cunsono estremeceu. Era coisa do chefe, do geral lá de baixo; e, de relance, viu o seu hábil trabalho de harmonizar Jati e Melaço perdido inteiramente, talvez por causa de não ter, naquele ano, efetuado sequer uma prisão. Estava na rua, suspendeu o interrogatório e veio receber o visitador com muita angústia no coração. Que seria?

— Doutor, foi logo dizendo o guarda, temos um louco.

Diante daquele caso novo, o delegado quis refletir, mas logo o guarda emendou:

— O doutor Sili...

Era assim o nome do ajudante do geral inacessível; e dele, os delegados têm mais medo do que do chefe supremo todo-poderoso.

Hane continuou:

— O doutor Sili mandou dizer que o senhor o prendesse e o enviasse à central.

Cunsono pensou bem que esse negócio de reclusão de loucos é por demais grave e delicado e não era propriamente da sua competência fazê-lo, a menos que fossem sem eira nem beira ou ameaçassem a segurança pública. Pediu a Hane que o esperasse e foi consultar o escrivão. Este serventuário vivia ali de mau humor. O sossego da delegacia o aborrecia, não porque gostasse da agitação pela agitação, mas pelo simples fato de não perceber emolumentos ou quer que seja, tendo que viver de seus vencimentos. Aconselhou-se com ele o delegado e ficou perfeitamente informado do que dispunham a lei e a praxe. Mas Sili...

Voltando à sala, o guarda reiterou as ordens do auxiliar, contando também que o louco estava em Manaus. Se o próprio Sili não o mandava buscar, elucidou o guarda, era porque competia a Cunsono deter o "homem", porquanto a sua delegacia tinha costas do oceano e de Manaus se vinha por mar.

— É muito longe, objetou o delegado.

O guarda teve o cuidado de explicar que Sili já vira a distância no mapa e era bem reduzida: obra de palmo e meio. Cunsono perguntou ainda:

— Qual a profissão do "homem"?
— É empregado da delegacia fiscal.
— Tem pai?
— Tem.

Pensou o delegado que competia ao pai o pedido de internação, mas o guarda adivinhou-lhe o pensamento e afirmou:

— Eu o conheço muito e meu primo é concunhado dele. Estava já Cunsono irritado com as objeções do escrivão e desejava servir a Sili, tanto mais que o caso desafiava a sua competência policial. A lei era ele; e mandou fazer o expediente.

Após o que tratou Cunsono de ultimar o enlace de Melaço e Jati, por intermédio do casamento da filha do Sambabaia. Tudo ficou assentado da melhor forma; e, em pequena hora, voltava o delegado para as ruas onde não policiava, satisfeito consigo mesmo e com a sua tríplice obra, pois não convém esquecer a sua caridosa intervenção no caso do louco de Manaus.

Tomava a condução que o devia trazer à cidade, quando a lembrança do meio de transporte do dementado lhe foi presente. Ao guarda-civil, ao representante de Sili na zona, perguntou por esse instante:

— Como há de vir o "sujeito"?

O guarda, sem atender diretamente à pergunta, disse:

— É... É, doutor; ele está muito furioso.

Cunsono pensou um instante, lembrou-se dos seus estudos e acudiu:

— Talvez um couraçado... O "Minas Gerais" não serve? Vou requisitá-lo.

Hane, que tinha prática do serviço e conhecimento dos compassivos processos policiais, refletiu:

— Doutor: não é preciso tanto. O "carro-forte" basta para trazer o "homem".

Concordou Cunsono e olhou as alturas um instante sem notar as nuvens que vogavam sem rumo certo, entre o céu e a terra.

II

Sili, o doutor Sili, bem como Cunsono, graças à prática que tinha do ofício, dispunham da liberdade dos seus pares com a maior facilidade. Tinham substituído os graves exames íntimos provocados pelos deveres de seus cargos, as perigosas responsabilidades que lhes são próprias, pelo automático ato de uma assinatura rápida. Era um contínuo trazer um ofício, logo, sem bem pensar no que faziam, sem lê-lo até, assinavam e ia com essa assinatura um sujeito para a cadeia, onde ficava aguardando que se lembrasse de retirá-lo de lá a sua mão distraída e ligeira.

Assim era; e foi sem dificuldade que atendeu ao pedido de Cunsono no que toca ao carro-forte. Prontamente deu as ordens para que fosse fornecida a seu colega a masmorra ambulante, pior do que masmorra, do que solitária, pois nessas prisões sente-se ainda a algidez da pedra, alguma coisa ainda de meiguice, meiguice de sepultura, mas ainda assim meiguice; mas, no tal carro feroz, é tudo ferro, há a inexorável antipatia do ferro na cabeça, ferro nos pés, aos lados — uma igaçaba de ferro em que se vem sentado, imóvel, e para a qual se entra pelo próprio pé. É blindada e quem vai nela levado aos trancos e barrancos de seu respeitável peso e do calçamento das vias públicas, tem a impressão de que se lhe quer poupar a morte por um bombardeio de grossa artilharia para ser empalado aos olhos de um sultão. Um requinte de potentado asiático.

Essa prisão de Calístenes, blindada, chapeada, couraçada, foi posta em movimento; e saiu, abalando o calçamento, a chocalhar ferragens, a trovejar pelas ruas afora em busca de um inofensivo.

O "homem", como dizem eles, era um ente pacato, lá dos confins de Manaus, que tinha a mania da Astronomia e abandonara, não de todo, mas quase totalmente, a terra pelo céu inacessível. Vivia com o pai velho nos arrabaldes da cidade e construíra na chácara de sua residência um pequeno observatório, onde montou lunetas que lhe davam pasto à inocente mania. Julgando insuficientes o olhar e as lentes, para chegar ao perfeito conhecimento da Aldebarã longínqua, atirou-se ao cálculo, à inteligência pura, à Matemática e a estudar com afinco e fúria de um doido ou de um gênio.

Em uma terra inteiramente entregue à chatinagem e à veniaga, Fernando foi tomando a fama de louco, e não era ela sem algum motivo. Certos gestos, certas despreocupações e mesmo outras manifestações mais palpáveis, pareciam justificar o julgamento comum; entretanto, ele vivia bem com o pai e cumpria os seus deveres razoavelmente. Porém, parentes oficiosos e outros longínquos aderentes entenderam curá-lo, como se se curassem assomos d'alma e anseios de pensamento.

Não lhes vinha tal propósito de perversidade inata, mas de estultice congênita juntamente com a comiseração explicável em parentes. Julgavam que o ser descompassado envergonhava a família e esse julgamento era reforçado pelos cochichos que ouviam de alguns homens esforçados por parecerem inteligentes.

O mais célebre deles era o doutor Barrado, um catita do lugar, cheiroso e apurado no corte das calças. Possuía esse doutor a obsessão das coisas extraordinárias, transcendentes, sem par, originais; e, como sabia Fernando simples e desdenhoso pelos mandões, supôs que ele, com esse procedimento, censurava Barrado por demais mesureiro com os magnatas. Começou, então, Barrado a dizer que Fernando não sabia Astronomia; ora, este último não afirmava semelhante coisa. Lia, estudava e contava o que lia, mais ou menos o que aquele fazia nas salas, com os ditos e opiniões dos outros.

Houve quem o desmentisse; teimava, no entanto, Barrado no propósito. Entendeu também de estudar uma Astronomia e bem oposta à de Fernando: a Astronomia do centro da terra. O seu compêndio favorito era *A morgadinha de Val-Flor* e os livros auxiliares: *A Dama de Monsoreau* e *O Rei dos Grilhetas*, numa biblioteca de Herschell.

Com isto, e cantando, e espalhando que Fernando vivia nas tascas com vagabundos, auxiliado pelo poeta Machino, o jornalista Cosmético e o antropologista Tucolas, que fazia sábias mensurações nos crânios das formigas, conseguiu emover os simplórios parentes de Fernando, e foi bastante que, de parente para conhecido, de conhecido para Hane, de Hane para Sili e Cunsono, as coisas se encadeassem e fosse obtida a ordem de partida daquela fortaleza couraçada, roncando pelas ruas, chocalhando ferragens, abalando calçadas, para ponto tão longínquo.

Quando, porém, o carro chegou à praça mais próxima, foi que o cocheiro lembrou-se de que não lhe tinham ensinado onde ficava Manaus. Voltou e Sili, com a energia de sua origem britânica, determinou que fretassem uma falua e fossem a reboque do primeiro paquete.

Sabedor do caso e como tivesse conhecimento de que Fernando era desafeto do poderoso chefe político Sofonias, Barrado que, desde muito, lhe queria ser agradável, calou o seu despeito, apresentou-se pronto para auxiliar a diligência. Esse chefe político dispunha de um prestígio imenso e nada entendia de Astronomia; mas, naquele tempo, era a ciência da moda e tinham em grande consideração os membros da Sociedade Astronômica, da qual Barrado queria fazer parte.

Sofonias influía nas eleições da sociedade, como em todas as outras, e podia determinar que Barrado fosse escolhido. Andava, portanto, o doutor captando a boa vontade da potente influência eleitoral, esperando obter, depois de eleito, o lugar de diretor-geral das Estrelas de Segunda Grandeza.

Não é de estranhar, pois, que aceitasse tão árdua incumbência, e, com Hane e carrião, veio até à praia; mas não havia canoa, caíque, bote, jangada, catraia, chalana, falua, lancha, calunga, poveiro, peru, macacuano, pontão, alvarenga, saveiro, que os quisesse levar a tais alturas.

Hane desesperava, mas o companheiro, lembrando-se dos seus conhecimentos de Astronomia, indicou um alvitre:

— O carro pode ir boiando.

— Como, doutor? É de ferro... muito pesado, doutor!

— Qual o quê! O "Minas", o "Aragón", o "São Paulo" não boiam? Ele vai, sim!

— E os burros?

— Irão a nadar, rebocando o carro.

Curvou-se o guarda diante do saber do doutor e deixou-lhe a missão confiada, conforme as ordens terminantes que recebera.

A calistênica entrou pela água adentro, consoante as ordens promanadas do saber de Barrado, e, logo que achou água suficiente, foi ao fundo com grande desprezo pela hidrostática do doutor. Os burros, que tinham sempre protestado contra a física do jovem sábio, partiram os arreios e salvaram-se; e graças a uma poderosa cábrea, pode a almanjarra ser salva também.

Havia poucos paquetes para Manaus e o tempo urgia. Barrado tinha ordem franca de fazer o que quisesse. Não hesitou e, energicamente, fez reparar as avarias e tratou de embarcar num paquete todo o trem, fosse como fosse.

Ao embarcá-lo, porém, surgiu uma dúvida entre ele e o pessoal de bordo. Teimava Barrado que o carro merecia ir para um camarote de primeira classe, teimavam os marítimos que isso não era próprio, tanto mais que ele não indicava o lugar dos burros.

Era difícil essa questão da colocação dos burros. Os homens de bordo queriam que fossem para o interior do navio; mas, objetava o doutor:

— Morrem asfixiados, tanto mais que são burros e mesmo por isso.

De comum acordo, resolveram telegrafar a Sili para resolver a curiosa contenda. Não tardou viesse a resposta, que foi clara e precisa: "Burros sempre em cima. Sili."

Opinião como esta, tão sábia e tão verdadeira, tão cheia de filosofia e sagacidade da vida, aliviou todos os corações e abraços fraternais foram trocados entre conhecidos e inimigos, entre amigos e desconhecidos.

A sentença era de Salomão e houve mesmo quem quisesse aproveitar o apotegma para construir uma nova ordem social.

Restava a pequena dificuldade de fazer entrar o carro para o camarote do doutor Barrado. O convés foi aberto convenientemente, teve a sala de jantar mesas arrancadas e o bendegó ficou no centro dela, em exposição, feio e brutal, estúpido e inútil, como um monstro de museu.

O paquete moveu-se lentamente em demanda da barra. Antes fez uma doce curva, longa, muito suave, lentamente, como se, ao despedir-se, cumprimentasse reverente a beleza da Guanabara. As gaivotas voavam tranquilas, cansavam-se, pousavam n'água – não precisavam de terra...

A cidade sumia-se vagarosamente o carro foi atraindo a atenção de bordo.

— O que vem a ser isto?

Diante da almanjarra, muitos viajantes murmuravam protestos contra a presença daquele estafermo ali; outras pessoas diziam que se destinava a encarcerar um bandoleiro da Paraíba; outras que era um salva-vidas; mas, quando alguém disse que aquilo ia acompanhando um recomendado de Sofonias, a admiração foi geral e imprecisa.

Um oficial disse:

— Que construção engenhosa!

Um médico afirmou:

— Que linhas elegantes!

Um advogado refletiu:
— Que soberba criação mental!
Um literato sustentou:
— Parece um mármore de Fídias!
Um sicofanta berrou:
— É obra mesmo de Sofonias! Que republicano!
Uma moça adiantou:
— Deve ter sons magníficos!

Houve mesmo escala para dar ração aos burros, pois os mais graduados se disputavam a honraria. Um criado, porém, por ter passado junto ao monstro e o olhado com desdém, quase foi duramente castigado pelos passageiros. O ergástulo ambulante vingou-se do serviçal; durante todo o trajeto perturbou-lhe o serviço.

Apesar de ir correndo a viagem sem mais incidentes, quis ao meio dela Barrado desembarcar e continuá-la por terra. Consultou nestes termos Sili: "Melhor carro ir terra faltam três dedos mar alonga caminho"; e a resposta veio depois de alguns dias: "Não convém desembarque embora mais curto carro chega sujo. Siga."

Obedeceu e o meteorito, durante duas semanas, foi objeto da adoração do paquete. Nos últimos dias, quando um qualquer dos passageiros dele se acercava, passava-lhe pelo dorso negro a mão espalmada com a contrição religiosa de um maometano ao tocar na pedra negra da Caaba.

Sofonias, que nada tinha com o caso, não teve nunca notícia dessa tocante adoração.

III

Muito rica é Manaus, mas, como em todo o Amazonas, nela é vulgar a moeda de cobre. É um singular traço de riqueza que muito impressiona o viajante, tanto mais que não se quer outra e as rendas do Estado são avultadas. O Eldorado não conhece o ouro, nem no estima.

Outro traço de sua riqueza é o jogo. Lá, não é divertimento nem vício: é para quase todos profissão. O valor dos noivos, segundo dizem, é avaliado pela média das paradas felizes que fazem, e o das noivas pelo mesmo processo no tocante aos pais.

Chegou o navio a tão curiosa cidade quinze dias após fazendo uma plácida viagem, com o fetiche a bordo. Desembarcá-lo foi motivo de absorvente cogitação para o doutor Barrado. Temia que fosse de novo ao fundo, não porque o quisesse encaminhá-lo por sobre as águas do Rio Negro; mas, pelo simples motivo de que, sendo o cais flutuante, o peso do carrião talvez trouxesse desastrosas consequências para ambos, cais e carro.

O capataz não encontrava perigo algum, pois desembarcavam e embarcavam pelos flutuantes volumes pesadíssimos, toneladas até.

Barrado, porém, que era observador, lembrava-se da aventura do rio, e objetou:

— Mas não são de ferro.

— Que tem isso? fez o capataz.

Barrado, que era observador e inteligente, afinal compreendeu que um quilo de ferro pesa tanto quanto um de algodão; e só se convenceu inteiramente disso, como observador que era, quando viu o ergástulo em salvamento, rolando pelas ruas da cidade.

Continuou a ser ídolo e o doutor agastou-se deveras porque o governador visitou a caranguejola, antes que a ele o fizesse.

Como não as tivesse completas para detenção de Fernando, pediu instruções a Sili. A resposta veio num longo telegrama minucioso e elucidativo. Devia requisitar força ao governador, arregimentar capangas e não desprezar as balas de alteia. Assim fez o comissário. Pediu uma companhia de soldados, foi às alfurjas da cidade catar bravos e adquirir uma confeitaria de alteia. Partiu em demanda do "homem" com esse trem de guerra; e, pondo-se cautelosamente em observação, lobrigou os óculos do observatório, donde concluiu que a sua força era insuficiente. Normas para o seu procedimento requereu a Sili. Vieram secas e peremptórias: "Empregue também artilharia."

De novo pôs-se em marcha com um parque do Krupp. Desgraçadamente não encontrou o homem perigoso. Recolheu a expedição a quartéis; e, certo dia, quando de passeio, por acaso, foi parar a um café do centro comercial. Todas as mesas estavam ocupadas; e só em uma delas havia um único consumidor. A esta, ele sentou-se. Travou por qualquer motivo conversa com o mazombo; e, durante alguns minutos, aprendeu com o solitário alguma coisa.

Ao despedirem-se, foi que ligou o nome à pessoa, e ficou atarantado sem saber como proceder no momento. A ação, porém, lhe veio prontamente; e, sem dificuldade, falando em nome da lei e da autoridade, deteve o pacífico ferrabrás em um dos dois bailéus do cárcere ambulante.

Não havia paquete naquele dia e Sili havia recomendado que o trouxessem imediatamente. Venha por terra, disse ele; e Barrado, lembrado do conselho, tratou de segui-lo. Procurou quem o guiasse até ao Rio, embora lhe parecesse curta e fácil a viagem. Examinou bem o mapa e, vendo que a distância era de palmo e meio, considerou que dentro dela não lhe cabia o carro. Por este e aquele, soube que os fabricantes de mapas não têm critério seguro: era fazer uns muitos grandes, ou muito pequenos, conforme são para enfeitar livros ou adornar paredes. Sendo assim, a tal distância de doze polegadas bem podia esconder viagem de um dia e mais.

Aconselhado pelo cocheiro, tomou um guia e encontrou-o no seu antigo conhecido Tucolas, sabedor como ninguém do interior do Brasil, pois o palmilhara à cata de formigas para bem firmar documentos às suas investigações antropológicas.

Aceitou a incumbência o curioso antropologista de himenópteros, aconselhando, entretanto, a modificação do itinerário.

— Não me parece, Senhor Barrado, que devamos atravessar o Amazonas. Melhor seria, Senhor Barrado, irmos até a Venezuela, alcançar as Guianas e descermos, Senhor Barrado.

— Não teremos rios a atravessar, Tucolas?

— Homem! Meu caro senhor, eu não sei bem; mas, Senhor Barrado, me parece que não, e sabe por quê?

— Por quê?

— Por quê? Porque este Amazonas, Senhor Barrado, não pode ir até lá, ao Norte, pois só corre de oeste para leste...

Discutiram assim sabiamente o caminho; e, à proporção que manifestava o seu profundo trato com a geografia da América do Sul, mais Tucolas passava a mão pela cabeleira de inspirado.

Achou que os conselhos do doutor eram justos, mas temia as surpresas do carrião. Ora, ia ao fundo, por ser pesado; ora, sendo pesado, não fazia ir ao fundo frágeis flutuantes. Não fosse ele estranhar o chão estrangeiro e pregar-lhe alguma peça? O cocheiro não queria também ir pela Venezuela, temia pisar em terra de gringos e encarregou-se da travessia do Amazonas — o que foi feito em paz e salvamento, com a máxima simplicidade.

Logo que foi ultimada, Tucolas tratou de guiar a caravana. Prometeu que o faria com muito acerto e contentamento geral, pois aproveitá-la-ia, dilatando as suas pesquisas antropológicas aos moluscos dos nossos rios. Era sábio naturalista, e antropologista, e etnografista da novíssima escola do Conde de Gobineau, novidade de uns sessenta anos atrás; e, desde muito, desejava fazer uma viagem daquelas para completar os seus estudos antropológicos nas formigas e nas ostras dos nossos rios.

A viagem correu maravilhosamente durante as primeiras horas. Sob um sol de fogo, o carro solavancava pelos maus caminhos; e o doente, à míngua de não ter onde se agarrar, ia ao encontro de uma e outra parede de sua prisão couraçada. Os burros, impelidos pelas violentas oscilações dos varais, encontravam-se e repeliam-se, ainda mais aumentando os ásperos solavancos da traquitana; e o cocheiro, na boleia, oscilava de lá para cá, de cá para lá, marcando o compasso da música chocalhante daquela marcha vagarosa.

Na primeira venda que passaram, uma dessas vendas perdidas, quase isoladas, dos caminhos desertos, onde o viajante se abastece e os vagabundos descansam de sua errância pelos descampados e montanhas, o encarcerado foi saudado com uma vaia: ó maluco! ó maluco!

Andava Tucolas distraído a fossar e cavoucar, catando formigas; e, mal encontrava uma mais assim, logo examinava bem o crânio do inseto, procurava-lhe os ossos componentes, enquanto não fazia uma mensuração cuidadosa do ângulo de Camper ou mesmo de Cloquet. Barrado, cuja preocupação era ser êmulo do padre Vieira, aproveitara o tempo para firmar bem as regras de colocação de pronomes, sobretudo a que manda que o "que" atraia o pronome complemento.

E assim andando foi o carro, após dias de viagem, encontrar uma aldeia pobre, à margem de um rio, onde chalanas e naviecos a vapor tocavam de quando em quando.

Cuidaram imediatamente de obter hospedagem e alimentação no lugarejo. O cocheiro lembrou o "homem" que traziam. Barrado, a respeito, não tinha com segurança uma norma de proceder. Não sabia mesmo se essa espécie de doentes comia e consultou Sili, por telegrama. Respondeu-lhe a autoridade, com a energia britânica que tinha no sangue, que não era do regulamento retirar aquela espécie de enfermos do carro, o "ar" sempre lhes fazia mal. De resto, era curta a viagem e tão sábia recomendação foi cegamente obedecida.

Em pequena hora, Barrado e o guia sentavam-se à mesa do professor público, que lhes oferecera de jantar. O ágape ia fraternal e alegre, quando houve a visita da Discórdia, a visita da Gramática.

O ingênuo professor não tinha conhecimento do píchoso saber gramatical do doutor Barrado e expunha candidamente os usos e costumes do lugar com a sua linguagem roceira:

— Há aqui entre nós muito pouco-caso pelo estudo, doutor. Meus filhos mesmo e todos quase não querem saber de livros. Tirante este defeito, doutor, a gente quer mesmo o progresso.

Barrado implicou com o "tirante" e o "a gente", e tentou ironizar. Sorriu e observou:

— Fala-se mal, estou vendo.

O matuto percebeu que o doutor se referia a ele. Indagou mansamente:

— Por que o doutor diz isso?

— Por nada, professor. Por nada!

— Creio, aduziu o sertanejo, que, tirante eu, o doutor, aqui, não falou com mais ninguém.

Barrado notou ainda o "tirante" e olhou com inteligência para Tucolas que se distraía com um naco de tartaruga.

Observou o caipira momentaneamente o afã de comer do antropologista e disse meigamente:

— Aqui, a gente come muito isso. Tirante a caça e a pesca, nós raramente temos carne fresca.

A insistência do professor sertanejo irritava sobremaneira o doutor inigualável. Sempre aquele "tirante", sempre o tal "a gente, a gente, a gente" – um falar de preto mina! O professor, porém, continuou a informar calmamente:

— A gente aqui planta pouco, mesmo não vale a pena. Felizardo do Catolé plantou uns leirões de horta, há anos, e quando veio o calor e a enchente...

— É demais! É demais! exclamou Barrado.

Docemente, o pedagogo indagou:

— Por quê? Por que, doutor?

Estava o doutor sinistramente raivoso e explicou-se a custo:

— Então, não sabe? Não sabe?

— Não, doutor. Eu não sei, fez o professor com segurança e mansuetude.

Tucolas tinha parado de saborear a tartaruga, a fim de atinar com a origem da disputa.

— Não sabe, então, rematou Barrado; não sabe que até agora o senhor não tem feito outra coisa senão errar em português?

— Como, doutor?

— É "tirante", é "a gente, a gente, a gente"; e, por cima de tudo, um solecismo!

— Onde, doutor?

— Veio o calor e a chuva – é português?

— É, doutor, é, doutor! Veja o doutor João Ribeiro! Tudo isso está lá. Quer ver?

O professor levantou-se, apanhou sobre a mesa próxima uma velha gramática ensebada e mostrou a respeitável autoridade ao sábio doutor Barrado. Sem saber como sair-se, escondendo o despeito com uma fúria e um desdém simulados, ordenou:

— Tucolas, vamo-nos embora.

— E a tartaruga? diz o outro.

O hóspede ofereceu-a, o original antropologista embrulhou-a e saiu com o companheiro. Cá fora, tudo era silêncio e o céu estava negro. As estrelas pequeninas piscavam sem cessar o seu olhar eterno para a terra muito grande. O doutor foi ao encontro da curiosidade recalcada de Tucolas:

— Vê, Tucolas, como anda o nosso ensino? Os professores não sabem os elementos de gramática, e falam como negros de senzala.

— Senhor Barrado, julgo que o senhor deve a esse respeito chamar a atenção do ministro competente, pois me parece que o país, atualmente, possui um dos mais autorizados na matéria.

— Vou tratar, Tucolas, tanto mais que o Semicas é amigo do Sofonias.

— Senhor Barrado, uma coisa...

— Que é?

— Já falou, Senhor Barrado, a meu respeito com o senhor Sofonias?

— Desde muito, meu caro Tucolas. Está à espera da reforma do museu e tu vais para lá direitinho. É o teu lugar.

— Obrigado, Senhor Barrado. Obrigado.

A viagem continuou monotonamente. Transmontaram serras, vadearam rios e, num deles, houve um ataque de jacarés, dos quais se salvou Barrado graças à sua pele muito dura. Entretanto, um dos animais de tiro perdeu uma das patas dianteiras e mesmo assim conseguiu pôr-se a salvo na margem oposta.

Sarou-lhe a ferida não se sabe como e o animal não deixou de acompanhar a caravana. Às vezes, distanciava-se; às vezes, aproximava-se; e sempre a pobre alimária olhava longamente, demoradamente, aquele forno ambulante, manquejando sempre, impotente para a carreira, e como se se lastimasse de não poder auxiliar eficazmente o lento reboque daquela almanjarra pesadona.

Em dado momento, o cocheiro avisa Barrado de que o "homem" parecia estar morto; havia até um mau cheiro indicador. O regulamento não permitia a abertura da prisão e o doutor não quis verificar o que havia de verdade no caso. Comia aqui, dormia ali, Tucolas também e os burros também – que mais era preciso para ser agradável a Sofonias? Nada, ou antes: trazer o "homem" até ao Rio de Janeiro. As doze polegadas da sua cartografia desdobravam-se em um infinito número de quilômetros. Tucolas que conhecia o caminho, dizia sempre: estamos a chegar, Senhor Barrado! Estamos a chegar! Assim levaram meses andando, com o burro aleijado a manquejar atrás do ergástulo ambulante, olhando-o docemente, cheio de piedade impotente.

Os urubus crocitavam por sobre a caravana, estreitavam o voo, desciam mais, mais, mais, até quase debicar no carro-forte. Barrado punha-se furioso a enxotá-los a pedradas; Tucolas imaginava aparelhos para examinar a caixa craniana das ostras de que andava à caça; o cocheiro obedecia.

Mais ou menos assim, levaram dois anos e foram chegar à aldeia dos Serradores, margem do Tocantins.

Quando aportaram, havia na praça principal uma grande disputa, tendo por motivo o preenchimento de uma vaga na Academia dos Lambrequins.

Logo que Barrado soube do que se tratava, meteu-se na disputa e foi gritando lá a seu jeito e sacudindo as perninhas:

– Eu também sou candidato! Eu também sou candidato!

Um dos circunstantes perguntou-lhe a tempo, com toda a paciência:

– Moço: o senhor sabe fazer lambrequins?

– Não sei, não sei, mas aprendo na academia e é para isso que quero entrar.

A eleição teve lugar e a escolha recaiu sobre um outro mais hábil no uso da serra que o doutor recém-chegado.

Precipitou-se por isso a partida e o carro continuou a sua odisseia, com o acompanhamento do burro, sempre a olhá-lo longamente, infinitamente, demoradamente, cheio de piedade imponente. Aos poucos os urubus se despediram; e, no fim de quatro anos, o carrião entrou pelo Rio adentro, a roncar pelas calçadas, chocalhando duramente as ferragens, com o seu manco e compassivo burro a manquejar-lhe à sirga.

Logo que foi chegado, um hábil serralheiro veio abri-lo, pois a fechadura desarranjara-se devido aos trancos e às intempéries da viagem, e desobedecia à chave competente. Sili determinou que os médicos examinassem o doente, exame que, mergulhados numa atmosfera de desinfetantes, foi feito no necrotério público.

Foi este o destino do enfermo pelo qual o delegado Cunsono se interessou com tanta solicitude.

HARAKASHY E AS ESCOLAS DE JAVA

"Tudo o que este mundo encerra é
propriedade do brâmane, porque ele, por seu
nascimento eminente, tem direito a tudo o que existe."

(Código de Manu)

Na minha peregrinação sentimental por este mundo, fui ter, não sei como, à cidade de Batávia, na ilha de Java.

É fama que os franceses ignoram sobremodo a geografia; mas, estou certo de que, entre nós, pouca gente tem notícias seguras dessa ilha e da capital das Índias Neerlandesas.

É pena, pois é da Terra um dos recantos mais originais e cheio de surpreendentes mistérios que se vão aos poucos desvendando aos olhos atônitos da nossa pobre humanidade.

Lá, Dubois achou partes do esqueleto do *Pithecanthropus erectus*; e o doido do Nietzsche tinha admiração por certas trepadeiras dessa curiosa ilha, porque, dizia ele, amorosas do sol, se enrodilhavam pelos carvalhos e, apoiadas neles, elevam-se acima dos mais altos galhos dessas árvores veneráveis, banhavam-se na luz e davam a sua glória em espetáculo.

Os restos do afastado ancestral do homem que Dubois encontrou, não os vi quando lá estive.

Trepadeiras e cipós vi muitos, mas carvalho não vi nenhum. Nietzsche, que lá não esteve, certamente julgou que Java tinha alguma semelhança com Saxe ou com a Suíça.

Não eram precisos os carvalhos nem as tais trepadeiras muito vulgarmente, como todas as plantas, amorosas da luz, para tornar Java interessante, porque só o aspecto mesclado de sua população, a confusão do seu pensamento religioso, as suas antiguidades búdicas e os seus vulcões descomunais seduzem e prendem a atenção do peregrino desgostoso ou do sábio esquadrinhador.

Por meses e meses, o tédio mais principesco desfaz-se naquelas terras de sol candente e orgia vegetal que, talvez, com a Índia e os grandes lagos da África, sejam os únicos lugares da Terra que não foram ainda banalizados inteiramente.

Creio que não será assim por muito tempo. Lá estão os holandeses; e edificaram até na cidade de Batávia, um bairro europeu, chamado, na língua deles, Weltevreden (paz do mundo), cujas damas se vestem e têm todos os tiques periódicos das moças de Hong Kong ou de Petrópolis.

Nos olhos das mulheres do bairro europeu, não há senão a mui terrena ânsia da fortuna; mas, nos olhares negros, luminosos, magnéticos das javanesas há coisas, do Além, o fundo do mar, o céu estrelado, o indecifrável mistério da sempre misteriosa Ásia. Também há volúpia e há morte.

A massa de hindus, de chineses, de anamitas, de malaios e javaneses, porém, esmaga a banalidade pretensiosa daquelas holandesas rechonchudas que estão pedindo a sua imediata volta às monótonas campinas da pátria, com as suas vacas nédias, os seus clássicos moinhos de vento e a ligeira névoa que parece sempre cobri-las, para readquirirem o necessário relevo das suas pessoas.

Não falando no famoso jardim botânico dos arredores, Batávia, como São Paulo ou Cuiabá, possui estabelecimentos e sociedades de ciência e de arte dignas de atenção.

A sua academia de letras é muito conhecida na rua principal da cidade, e os literatos da ilha brigam e guerreiam-se cruamente, para ocuparem um lugar nela. A pensão que recebem, é módica, cerca de cinco patacas, por mês, na nossa moeda; eles, porém, disputam o *fauteuil* acadêmico por todos os processos imagináveis. Um destes é o empenho, o nosso "pistolão", que procuram obter de quaisquer mãos, sejam estas de amigos, de parentes, das mulheres, dos credores ou, mesmo, das amantes dos acadêmicos que devem escolher o novo confrade.

Há de parecer que, por tão pouco, não valia a pena disputar acirradamente, como fazem, tais posições. É um engano. O sujeito que é acadêmico, tem facilidade em arranjar bons empregos na diplomacia, na alta administração; e a grande burguesia da terra, burguesia de acumuladores de empregos, de políticos de honestidade suspeita, de leguleios afreguesados, de médicos milagrosos ou de ricos desavergonhados, cujas riquezas foram feitas à sombra de iníquas e aladroadas leis – essa burguesia, continuando, tem em grande conta o título de membro na academia, como todo outro qualquer, e o acadêmico pode bem arranjar um casamento rico ou coisa equivalente.

Lá, a literatura não é uma atividade intelectual imposta ao indivíduo, determinada nele, por uma maneira muito sua e própria do seu feitio mental; para os javaneses, é, nada mais, nada menos, que um jogo de prendas, uma sorte de sala, podendo esta ser cara ou barata.

Os médicos que, em Java, têm outra denominação, como veremos mais tarde, são os mais constantes fregueses da academia. Estão sempre a bater-lhe na porta, apesar de não ter a medicina nada que ver com a literatura.

Pertencendo à academia de letras – é o que imagino – como que eles ganham maior confiança dos clientes e mais segurança no emprego dos remédios. Assim, talvez, pensem eles e também o povo, tanto que a clínica lhes aumenta logo que entram para a ilustre companhia javanesa.

É bem possível que as suas letras e a sua fascinação pela academia visem somente tal resultado, porquanto, entre eles, a rivalidade na clínica é terrível e mais ainda quando se trata de competir com colegas estrangeiros. Usam contra estes das mais desleais armas.

Um houve, natural de um pequeno país da Europa e de extração camponia, que só as pôde manter a distância, usando de armas e processos grosseiramente saloios. Estava sempre de vara-pau em punho e foi o meio mais eficaz que encontrou, para não lhe caluniarem e lhe prejudicarem a clínica.

A literatura desses doutores e cirurgiões é das mais estimadas naquelas terras; e isto, por dois motivos: porque é feita por doutores e porque ninguém a lê e entende.

O critério literário e artístico dos médicos de Java não é o de Hegel, de Schopenhauer, de Taine, de Brunetière ou de Guyau. Eles não perdem tempo com semelhante gente. Não admitem que a obra literária tenha por fim manifestar um certo caráter saliente ou essencial do assunto que se tem em vista, mais completamente do que o fazem os fatos reais. Literatura não é fazer entrar no patrimônio do espírito humano, com auxílio dos processos e métodos artísticos, tudo o que interessa o uso da vida, a direção da conduta e o problema do destino. Não, absolutamente não.

Os doutores javaneses de curar não entendem literatura assim. Para eles, é boa literatura a que é constituída por vastas compilações de coisas de sua profissão, escritas laboriosamente em um jargão enfadonho com fingimentos de língua arcaica.

Curioso é que a primeira qualidade exigida em um livro de estudo, é a sua perfeita, completa clareza, que só pode ser obtida com a máxima simplicidade de escrever, além de um encadeamento naturalmente lógico de suas partes, evitando-se tudo o que distraia a atenção do leitor daquilo que se quer ensinar.

Vou explicar-me melhor e os leitores verão como os sábios javaneses prendem a atenção, poupam o esforço mental dos seus discípulos, empregando termos obsoletos e locuções que desde muito estão em desuso.

Suponhamos que um médico nosso patrício se proponha a escrever um tratado qualquer de patologia e empregue a linguagem de João de Barros mesclada com a do padre Vieira, sem esquecer a de Alexandre Herculano. Eis aí em que consiste a literatura suculenta dos doutores javaneses; e todos de lá lhes admiram as obras escritas em tal patoá ininteligível. Darei um exemplo, servindo-me do nosso idioma.

Antes, porém, de dar essa mostra do modo de escrever dos esculápios de lá, dar-lhes-ei o de falar, com uma anedota que me contaram lá mesmo – porque lá há também irreverentes e observadores. Uma família média, tendo o chefe doente e vendo que a moléstia não dava volta com o modesto médico assistente, resolveu chamar uma das celebridades da medicina javanesa. A mulher do doente era quem mais queria isto, porque, embora possam ser excelentes, com todos os bons predicados, nenhuma mulher perde de todo a vaidade; e a visita de uma notabilidade hipocrática fazia falar a vizinhança. Foi chamado o homem, o doutor Lhovehy, uma celebridade retumbante, professor, membro de várias academias, inclusive a de letras e a de história e geografia.

Ele foi de carro, com a visita paga adiantadamente: cento e cinquenta florins. Em chegando junto ao doente, com trejeitos de mau ator foi falando assim:

— Até agora quem no há tratado?

— O doutor Nepuchalyth.

— Mister é que tenhais sempre atilamento com esses físicos incautos. Eles são homens que não curam senão por experiência e costume; e é tão bom de enganar os néscios não afeitos ao bom proceder dos físicos de valia que dão cor a facilmente serem enganados por eles e o pior é que alguns cientes físicos ou por contentar todos os do povo e não querer trabalhar ou especular as curas, vão-se com o parecer deles; e porque ser aprazível ao povo faz ao físico ganhar mais moedas, usam logo em princípio as suas mezinhas deles.

Depois de ter pronunciado esse exórdio com toda a solenidade teatral e doutoral, o Garcia de Orta não anunciado, da sublime escola de Java, examinou o doente e receitou em grego. Quase ao sair, a mulher perguntou-lhe:

— Doutor, qual a dieta?

— Polho cozido ou caldo dele.

A mulher voltou para junto do marido, sem ter compreendido a dieta, pois temeu mostrar-se ignorante em face do sábio, indagando o que era polho.

Logo que a viu, o marido ralhou-a com doçura:

— Filha, eu não dizia a você que esses médicos famosos não servem para nada?... Este que você trouxe, fala que ninguém o entende, como se a gente falasse para isso... Receita umas mixórdias misteriosas... Sabe você de uma coisa? Continuo com o doutor Nepuchalyth, ali da esquina. Este ao menos tem juízo e não inventou um modo de falar para ele só entender.

O exemplo de que falei acima, é o que se encontra em obras de um famoso doutor lá de Java. Cito um único, mas poderia citar muitos. O javanês, doutor de curas, queria dizer: "Sou de opinião que a febre deve ser combatida na sua causa".

Julgou isto vulgar, indigno do seu título e das suas prerrogativas consuetudinárias, e escreveu provocando a máxima admiração dos seus leitores, da seguinte forma:

"Erro, quere parescer-me, é não se atentar donde provém tal febre com incendimento e modorra, para só tratá-la às rebatinhas, tão de pronto como se mesmo fora ela a doença, senão consequência muita vez de vitais desarranjos imigos da sã vida e onde o físico de recado achará a fonte ou as fontes do mal que deixa assi o corpo sem os bons e sãos aspeitos de sua habitual composição".

Depois de uma beleza destas, a sua entrada na academia foi certa e inevitável, pois é nessa espécie de *pot-pourri* de estilos de tempos desencontrados, com o emprego de um vocabulário senil, tirado à sorte; de salada de feitios de linguagem de épocas diferentes, de modismos de séculos afastados uns dos outros, que a gente inteligente de Java encontra a mais alta expressão da sua oca literatura. Há exceções, devo confessar. Continuo, sem me deter nelas.

A ciência javanesa está muito adiantada. Nunca se fez lá a mais insignificante descoberta; nunca um sábio javanês edificou uma teoria qualquer.

Penso que tal se dá por não haver precisão disso; os da estranja suprem as necessidades da mentalidade javanesa.

O sábio da Batávia é o contrário de todos os outros sábios do mundo. Não é um modesto professor que vive com seus livros, seus algarismos, suas retortas ou *éprouvettes*. O sábio de Java, ao contrário, é sempre um ricaço que foge dos laboratórios, dos livros, das retortas, dos cadinhos, das épuras, dos microscópios, das equatoriais, dos telescópios, das cobaias, tem cinco ou seis empregos, cada qual mais afanoso, e não falta às festas mundanas.

A presunção de cientista, entretanto, não há quem lá não a tome. Basta que um sujeito tenha aprendido um pouco de álgebra ou folheado um compêndio de anatomia, para se julgar cientista e se encher de um profundo desdém por toda a gente, sobretudo pelos literatos ou poetas. Contudo todos desse gênero querem sê-lo e, em geral, são péssimos.

Vou lhes contar um caso que se passou com o doutor Karitschá Lanhi, quando foi nomeado diretor do câmbio do Banco Central de Java. Esse doutor era professor da Escola de Sapadores, da qual mais adiante falarei, e por isso se julgou no direito de pleitear o lugar do banco. No dia seguinte de sua nomeação, o seu subalterno imediato foi perguntar-lhe qual a taxa de câmbio que devia ser afixada.

– Sempre para a alta. Qual foi a taxa de ontem?

O empregado retrucou:

– 18 5/17, doutor.

O sábio pensou um pouco e determinou:

– Afixe: 18 5/21, senhor Hatati.

O homem reprimiu o espanto e todo o banco riu-se de tão seguro financeiro que lhe caía do céu, por descuido. Não houve remédio senão demitir-se ele uma semana depois de nomeado.

São assim os graves sábios de Java.

Não nos afastemos, porém, do nosso estudo.

Das grandes artes técnicas, a mais avançada, como era de esperar, é a medicina. O tratamento geralmente empregado é o do vestuário médico. Consiste ele em usar o doutor certo traje para curar certa moléstia. Para sarar bexigas, o médico vai em ceroulas; para congestão de fígado, sobrecasaca e cartola; para tuberculose, tanga e chapéu de palha de coco; antraz, de casaca etc. etc.

Este curioso método foi descoberto recentemente em um país próximo que o repudiou, mas veio revolucionar a medicina da grande ilha. Os físicos locais adotaram-no imediatamente e aumentaram o preço das visitas e redobraram a caça aos empregos, para atender às despesas com a indumentária e os aviamentos.

Estava a ponto de esquecer-me de falar no ensino da célebre ilha do arquipélago de Sonda, pois tanto me alonguei no estudo dos seus médicos, que vou ter a ele com pressa.

Existe uma universidade com três faculdades superiores; a de "Sapadores", a de "Cortadores" e a de "Físicos". Os cursos destas faculdades duram cerca de cinco anos, mas cada uma delas tem um subcurso menor, de dois ou três anos. A de "Sapadores" tem o de "consertadores de picaretas"; a de "Cortadores" o de "embrulhadores"; e a de "Físicos", o de "cobradores".

Nas margens do Jacarta, rio que banha Batávia, quem não tem um título dado por uma dessas faculdades não pode ser nada, porquanto, aos poucos, os legisladores da terra e a estupidez do povo foram exigindo para exercer os grandes e pequenos cargos do Estado, quer os políticos, quer os administrativos, um qualquer documento universitário de sabedoria.

Todos, por isso, tratam de obtê-lo e é a mais dura vicissitude da vida, ser reprovado no curso. É raro, mas acontece. Os jovens javaneses empregam toda a espécie de meios para não serem reprovados, menos estudar. Essa contingência pueril da "bomba", na sociedade javanesa, leva às almas dos moços daquelas paragens, um travo tão amargo de desconforto que toda a felicidade que lhes chegar posteriormente não o atenuará, e muito menos será capaz de dissolvê-lo.

E mesmo que ele se acredite por sua própria iniciativa, mais valiosa e mais segura que os papéis oficiais; por mais aptidões que demonstre sem título – tem que vegetar em lugares subalternos e dar o que tem de melhor aos outros titulados, para que figurem estes como capazes. Ele escreverá as cartas de amor; mas os beijos não serão dele.

Por um curioso fenômeno sociológico, as ideias bramânicas de casta se enxertaram nas caducas concepções universitárias do medievo europeu e foram dar nas ilhas de Sonda, sob o pretexto de ensino, nessa estranha e original concepção do doutor javanês. Aproveito a ocasião para avisar os leitores que essa concepção religioso-universitária também existe na República de Bruzundanga.

Creio, porém, que ela é originária da grande ilha da Malásia donde foi ter àquela república, por caminho que não descobri.

Como todo moço que tem legítimas ambições naquele recanto do nosso planeta, Harakashy, um javanês que foi muito meu amigo mais tarde, conseguiu entrar para a Escola dos Sapadores, a fim de acreditar-se na sociedade em que vivia, e ter o seu lugar sob o sol, com o título que a faculdade dava. Era malaio com muitas gotas de sangue holandês nas veias, mas sem fortuna nem família. No começo, as coisas foram indo, ele passou; mas, em breve, Harakashy desandou e foi reprovado umas dez vezes, na universidade.

Em absoluto, não houve injustiça. O meu amigo nada sabia, porque ingenuamente deduzira dos fatos que a principal condição para ser aprovado, nos exames de Java, é não saber. Enganava-se, porém, supondo que tal homenagem fosse prestada a todos. Recebem-na os filhos dos grandes dignitários da colônia, dos ricaços, dos homens de negócios que sabem levantar capitais; mas escolares que não têm tal ascendência, como o meu amigo, estão talhados para engrossar a estatística dos reprovados, a fim de comprovar o rigor que há nos estudos da Universidade de Batávia.

Dá-se isto, não por culpa total dos professores; mas pelas solicitações de toda a sociedade batavense que quer seus lentes universitários, homens de salão, de teatros caros, de bailes de alto bordo; e eles, para aumentar as suas rendas, que custeiem esse luxo, têm que viver ajoujados aos ministros que dão empregos, ou aos *brasseurs d'affaires* que lhes pedem emprestados os nomes para apadrinhar empresas honestas, semi-honestas e mesmo desonestas, em troco de boas gorjetas.

Quem meu filho beija, minha boca adoça – diz o nosso povo.

Em uma sociedade que se modelou assim, não era possível que o meu Harakashy fosse lá das pernas.

Entretanto, eu o conheci e o senti muito inteligente, culto, amigo dos livros e todo ele saturado de anseios espirituais. Gostava muito de filosofia, de letras e, sobretudo, de história. Leu-me ensaios e eu achei muito bem escritos, revelando uma grande cultura e um grande poder de evocar.

Mas, Java é muito estúpida e não admite inteligência senão nos "sapadores", nos "físicos" e nos "cortadores".

Ainda não lhes disse o que são os tais "cortadores". São estes assim como os nossos advogados e o seu emblema é uma tesoura, devido a ser, senão de regra, mas de praxe, de tradição que toda a defesa ou acusação judiciária tenha o maior número de citações possíveis e tais peças são mais estimadas quando as referências aos autores consultados vêm nelas coladas com os próprios retalhos dos livros aludidos. A tesoura é instrumento próprio para isto e, dessa maneira, enriquece os "cortadores", pois os arrazoados dessa natureza são muito bem pagos, embora lhes estraguem as bibliotecas que alcançam muito baixas licitações quando vão a leilão.

Atribuí o desastre da vida escolar do meu amigo ao fato de ele não ter nenhum jeito para qualquer das grandes profissões liberais que a Batávia oferece aos seus filhos.

Se Harakashy nascesse em França ou em outro país civilizado, naturalmente a sua própria vocação encaminhá-lo-ia para uma aplicação mental, de acordo com a sua feição de espírito; mas, em Java, tinha que ser uma daquelas três coisas, se quisesse figurar como inteligente. Não achando campo para a sua atividade cerebral, muito pouco atraído para o estudo das "picaretas automáticas", muito orgulhoso para bajular os professores e aceitar aprovações por comiseração, o meu amigo ficou naquela exuberante terra sem norte, sem rumo, absolutamente sem saber o que fazer.

Ensinava para vestir-se e comer. E todos que o conheciam desde menino, admiravam-se que, ao infante galhardo dos seus primeiros anos, se houvesse substituído nele, um rapaz macambúzio, isolado, amargo e cruel nas suas conversas camarárias, ressumando sempre uma profunda tristeza.

Aos profundos, parecerá vão; aos superficiais parecerá tolo – tão grandes consequências para tão fracas causas.

Não me animo a discutir, mas lembro que o amor tem qualquer coisa de parecido...

Visitei-o sempre. Ameio-o na sua desordem de espírito, imensa e ambiciosa de fazer o Grande e o Novo. Em uma das minhas visitas, encontrei-o no seu modesto quarto, deitado em uma espécie de enxerga, fumando e tendo um gordo livro ao lado. Eu entrava sem me anunciar. Trocamos algumas palavras e ele me disse logo após:

— Fizeram muito bem em não me deixar ir adiante.
— E essa!
— Não te admires. Continuo a estudar história e estou convencido.
— Como?
— Lê este manuscrito.

Passou-me então um códice fortemente encadernado em couro. Era o livro que tinha ao lado. Pude ler o título: *História da Universidade de Batávia com a biografia dos seus mais distintos alunos, por Degni-Hatdy.* — 1878.

— Quem é este Degni-Hatdy? perguntei.
— Foi um gênio, meu caro. Um gênio de escola... Recebeu medalhas, diplomas, prêmios... Vive ainda, mas ninguém o conhece mais.
— É de interesse, a memória?
— É, e bastante, pois traz a lista dos alunos ilustres da universidade.
— Quais foram?
— Newton, Huyghens, Descartes, Kant, Pasteur, Claude Bernard, Darwin, Lagrange...
— Chega.
— Ainda: Dante e Aristóteles.
— Uff!
— Gente de primeira, como vês; e, quando soube, tive orgulho de ter sido de alguma forma colega deles; mas...

Por aí acendeu um cigarro, tirou duas longas fumaças com a languidez javanesa e continuou com a pachorra batava:

— Mas, como te dizia, bem cedo tive vergonha de ter um dia passado pela minha mente que eu era capaz de emparelhar-me com tais gênios. É verdade que não sabia terem eles frequentado a universidade... Vou esconder-me em qualquer buraco, para me resgatar de tamanha pretensão.

Saí. Ainda o vi durante alguns dias; mas, bem depressa, desapareceu dos meus olhos. Pobre rapaz! Onde estará?

CLÓ

A Alexandre Valentim Magalhães

Devia ser já a terceira pessoa que lhe sentava à mesa. Não lhe era agradável aquela sociedade com desconhecidos; mas que fazer naquela segunda-feira de carnaval, quando as confeitarias têm todas as mesas ocupadas e as cerimônias dos outros dias desfazem-se, dissolvem-se?

Se as duas primeiras pessoas eram desajeitados sujeitos sem atrativos, o terceiro conviva resgatava todo o desgosto causado pelos outros. Uma mulher formosa e bem tratada é sempre bom ter-se à vista, embora sendo desconhecida, ou, talvez, por isso mesmo...

Estava ali o velho Maximiliano esquecido, só moendo cismas, bebendo cerveja, obediente ao seu velho hábito. Se fosse um dia comum, estaria cercado de amigos; mas os homens populares, como ele, nunca o são nas festas populares. São populares a seu jeito, para os frequentadores das ruas célebres, cafés e confeitarias, nos dias comuns; mas nunca para a multidão que desce dos arrabaldes, dos subúrbios, das províncias vizinhas, abafa aqueles e como que os afugenta. Contudo não se sentia deslocado...

A quinta garrafa já se esvaziara e a sala continuava a encher-se e a esvaziar-se, a esvaziar-se e a encher-se. Lá fora, o falsete dos mascarados em trote, as longas cantilenas dos cordões, os risos e as músicas lascivas enchiam a rua de sons e ruídos desencontrados e, dela, vinha à sala uma satisfação de viver, um frêmito de vida e de luxúria que convidava o velho professor a ficar durante mais tempo, bebendo, afastando o momento de entrar em casa.

E esse frêmito de vida e luxúria que faz estremecer a cidade nos três dias de sua festa clássica, naquele momento, diminuía-lhe muito as grandes mágoas de sempre e, sobretudo, aquela teimosa e pequenina de hoje. Ela o pusera assim macambúzio e isolado, embora mergulhado no turbilhão de riso, de alegria, de rumor, de embriaguez e luxúria dos outros, em segunda-feira gorda.

O "jacaré" não dera e muito menos a centena. Esse capricho da sorte tirava-lhe a esperança de um conto e pouco – doce esperança que se esvaía amargosamente naquele crepúsculo de galhofa e prazer.

E que trabalho não tivera ele, doutor Maximiliano, para fazê-la brotar no seu peito, logo nas primeiras horas do dia! Que chusmas de interpretações, de palpites, de exames cabalísticos! Ele bem parecia um áugure romano que vem dizer ao cônsul se deve ou não oferecer batalha...

Logo que ela lhe assomou aos olhos, como não lhe pareceu certo aquele navegar precavido dentro do nevoento mar do Mistério, marcando rumo para aquele ponto – o "jacaré" – onde encontraria sossego, abrigo, durante alguns dias!

E agora, passado o nevoeiro, onde estava?... Estava ainda em mar alto, já sem provisões quase, e com débeis energias para levar o barco a salvamento... Como havia de comprar bisnagas, confetes, serpentinas, alugar automóvel? E – o que era mais grave – como havia de pagar o vestido de que a filha andava precisada, para se mostrar sábado próximo, na Rua do Ouvidor, em toda a plenitude de sua beleza, feita (e ele não sabia como) da rija carnadura de Itália e de uma forte e exótica exalação sexual... Como havia de dar-lhe o vestido?

Com aquele seu olhar calmo em que não havia mais nem espanto, nem reprovação, nem esperança, o velho professor olhou ainda a sala tão cheia, por aquelas horas, tão povoada e animada de mocidade, de talento e de beleza. Ele viu alguns poetas conhecidos, quis chamá-los, mas, pensando melhor, resolveu continuar só.

O velho doutor Maximiliano não se cansou de observar, um por um, aqueles homens e aquelas mulheres, homens e mulheres cheios de vícios e aleijões morais; e ficou um instante a pensar se a nossa vida total, geral, seria possível sem os vícios que a estimulavam, embora a degradem também.

Por esse tempo, então, notou ele a curiosidade e a inveja com que um grupo, de modestas meninas dos arrabaldes examinava a *toilette* e os ademanes das mundanas presentes.

Na sua mesa, atraindo-lhes os olhares, lá estava aquela formosa e famosa Eponina, a mais linda mulher pública da cidade, produto combinado das imigrações italiana e espanhola, extraordinariamente estúpida, mas com um olhar de abismo, cheio de atrações, de promessas e de volúpia.

E o velho lente olhava tudo aquilo pausadamente, com a sua indulgência de infeliz, quando lhe veio o pensar na casa, naquele seu lar, onde o luxo era uma agrura, uma dor, amaciada pela música, pelo canto, pelo riso e pelo álcool.

Pensou, então, em sua filha, Clódia – a Cló, em família – em cujo temperamento e feitio de espírito, havia estofo de uma grande hetaira. Lembrou-se com casta admiração de sua carne veludosa e palpitante, do seu amor às danças lúbricas, do seu culto à *toilette* e ao perfume, do seu fraco senso moral, do seu gosto pelos licores fortes; e, de repente e por instantes, ele a viu coroada de hera, cobrindo mal a sua magnífica nudez, com uma pele mosqueada, o ramo de tirso erguido, dançando, religiosamente bêbeda, cheia de fúria sagrada de bacante: "Evoé! Baco!"

E essa visão antiga lhe passou pelos olhos, quando a Eponina ergueu-se da mesa, tilintando as pulseiras e berloques caros, chamando muito a atenção de Mme. Rego da Silva que, em companhia do marido e da sua extremosa amiga Dulce, amante de ambos, no dizer da cidade, tomavam sorvetes, numa mesa ao longe.

O doutor Maximiliano, ao ver aquelas joias e aquele vestido, voltou a lembrar-se de que o "jacaré" não dera; e refletiu, talvez com profundeza, mas certo com muita amargura, sobre a má organização da nossa sociedade. Mas não foi adiante e procurou decifrar o problema da sua multiplicação em Cló, tão maravilhosa e tão rara. Como é que ele tinha posto no mundo um exemplar de mulher assaz vicioso e delicado como era a filha? De que misteriosa célula sua saíra aquela floração exuberante de fêmea humana? Vinha dele ou da mulher? De ambos? Ou de sua mulher só, daquela sua carne apaixonada e sedenta que trepidava quando lhe recebia as lições de piano, na casa dos pais?

Não pôde, porém, resolver o caso. Aproximava-se o doutor André, com o seu rosto de ídolo peruano, duro, sem mobilidade alguma na fisionomia, acobreada, onde o ouro do aro do *pince-nez* reluzia fortemente e iluminava a barba cerdosa.

Era um homem forte, de largos ombros, musculoso, tórax saliente, saltando; e, se bem tivesse as pernas arqueadas, era assim mesmo um belo exemplar da raça humana.

Lamentava-se que ele fosse um bacharel vulgar e um deputado obscuro. A sua falta de agilidade intelectual, de maleabilidade, de ductilidade, a sua fraca capacidade de abstração e débil poder de associar ideias não pediam fosse ele deputado e bacharel. Ele seria rei, estaria no seu quadro natural, não na câmara, mas remando em ubás ou igaras nos nossos grandes rios ou distendendo aqueles fortes arcos de iri que despejam frechas ervadas com curare.

Era o seu último amigo, entretanto o mais constante comensal de sua mesa luculesca.

Deputado, como já ficou dito, e rico, representava, com muita galhardia e liberalidade uma feitoria mansa do Norte, nas salas burguesas; e, apesar de casado, a filha do antigo professor, a lasciva Cló, esperava casar-se com ele, pela religião do Sol, um novo culto recentemente fundado por um agrimensor ilustrado e sem emprego.

O velho Maximiliano nada de definitivo pensava sobre tais projetos; não os aprovava, nem os reprovava. Limitava-se a pequenas reprimendas sem convicção, para que o casamento não fosse efetuado sem a bênção do sacerdote do Sol ou de outro qualquer.

E se isto fazia, era para não precipitar as coisas; ele gostava dos desdobramentos naturais e encadeados, das passagens suaves, das inflexões doces e detestava os saltos bruscos de um estado para o outro.

— Então, doutor, ainda por aqui? fez o rico parlamentar sentando-se.

— É verdade, respondeu-lhe o velho. Estou fazendo o meu sacrifício, rezando a minha missa... É a quinta... Que toma, doutor?

— Um "madeira"... Que tal o Carnaval?

— Como sempre.

E, depois, voltando-se para o caixeiro:

— Outra cerveja e um "madeira", aqui, para o doutor. Olha: leva a garrafa.

O caixeiro afastou-se, levando a garrafa vazia e o doutor André perguntou:

— Dona Isabel não veio?

— Não. Minha mulher não gosta das segundas-feiras de carnaval. Acha-as desenxabidas... Ficaram, ela e a Cló, em casa a se prepararem para o baile à fantasia na casa dos Silvas... Quer ir?

— O senhor vai?

— Não, meu caro senhor; do carnaval, eu só gosto dessa barulhada da rua, dessa música selvagem e sincopada de recos-recos, de pandeiros, de bombos, desse estrídulo de fanhosos instrumentos de metais... Até do bombo gosto, mais nada! Essa barulhada faz-me bem à alma. Não irei... Agora, se o doutor quer ir... Cló vai de preta mina.

— Deve-lhe ficar muito bem... Não posso ir; entretanto, irei à sua casa para ver a sua senhora e a sua filha fantasiadas. O senhor devia também ir...

— Fantasiado?

— Que tinha?

— Ora, doutor! Eu ando sempre com a máscara no rosto.

E sorriu leve com amargura; o deputado pareceu não compreender e observou:

— Mas a sua fisionomia não é tão decrépita assim...

Maximiliano ia objetar qualquer coisa quando o caixeiro chegou com as bebidas, ao tempo em que Mme. Rego da Silva e o marido levantaram-se com a pequena Dulce, amante de ambos, no dizer da cidade em peso.

O parlamentar olhou-os bastante com o seu seguro ar de quem tudo pode. Ouviu que ao lado diziam — à passagem dos três: *ménage à trois*. A sua simplicidade provinciana não compreendeu a maldade e logo dirigiu-se ao velho professor:

— Jantam em casa?

— Jantamos; e o doutor não quer jantar conosco?

— Obrigado. Não me é possível ir hoje... Tenho um compromisso sério... Mas fique certo que, antes de saírem, lá irei tomar um uisquezinho... Se me permite?

— Oh! Doutor! O senhor é o nosso melhor amigo. Não imagina como todos lá falam no senhor. Isabel levanta-se a pensar no doutor André; Cló, essa, nem se fala! Até o Caçula quando o vê, não late; faz-lhe festas, não é?

— Como isso me cumula de...

— Ainda há dias, Isabel me disse: Maximiliano, eu nunca bebi um Chambertin como esse que o doutor André nos mandou... O meu filho, o Fred, sabe até um dos seus discursos de cor; e, de tanto repeti-lo, creio que sei de memória vários trechos dele.

A face rígida do ídolo, com grande esforço, abriu-se um pouco; e ele disse, ao jeito de quem quer o contrário:

— Não vá agora recitá-lo.

— Certo que não. Seria inconveniente; mas não estou impedido de dizer, aqui, que o senhor tem muita imaginação, belas imagens e uma forma magnífica.

— Sou principiante ainda, por isso não me fica mal aceitar o elogio e agradecer a animação.

Fez uma pausa, tomou um pouco de vinho e continuou em tom conveniente:

— O senhor sabe perfeitamente que espécie de força me prende aos seus... Um sentimento acima de mim, uma solicitação, alguma coisa a mais que os senhores puseram na minha vida...

— Pois então, interrompeu cheio de comoção o doutor Maximiliano: à nossa!

Ergueu o copo e ambos tocaram os seus, reatando o parlamentar a conversa desta maneira:

— Deu aula hoje?

— Não. Desci para espairecer e "cavar". É dura esta vida... "cavar"! Como é triste dizer-se isto! Mas que se há de fazer? Ganha-se uma miséria... Um professor com oitocentos mil-réis o que é? Tem-se a família, representação... Uma miséria! Ainda agora, com tantas dificuldades, é que Cló deu em tomar banhos de leite...

— Que ideia! Onde aprendeu isso?

— Sei lá! Ela diz que tem não sei que propriedades, certas virtudes... O diabo é que tenho de pagar uma conta estupenda no leiteiro... São banhos de ouro, é que são! Jogo nos bichos... Hoje tinha tanta fé no "jacaré"...

O caixeiro passava e ele recomendou:

— Baldomero, outra cerveja. O doutor não toma mais um "madeira"?

— Vá lá. Ganhou, doutor?

— Qual! E não imagina que falta me fez!

— Se quer?

— Por quem é, meu caro; deixe-se disso! Então há de ser assim todo o dia?

— Que tem!... Ora!... Nada de cerimônias; é como se recebesse de um filho...

— Nada disso... Nada disso...

Fingindo que não entendia a recusa, o doutor André foi retirando da carteira uma bela nota, cujo valor nas algibeiras do doutor Maximiliano fez-lhe esquecer em muito a sua desdita no "jacaré".

O deputado ainda esteve um pouco; em breve, porém, se despediu, reiterando a promessa de que iria até à casa do professor, para ver as duas senhoras fantasiadas.

O doutor Maximiliano bebeu ainda uma garrafa e acabada que foi a cerveja, saiu vagarosamente um tanto trôpego.

A noite já tinha caído de há muito. Era já noite fechada. Os cordões e os bandos carnavalescos continuavam a passar, rufando, batendo, gritando desesperadamente. Homens e mulheres de todas as cores — os alicerces do país — vestidos de meia, canitares e enduapes de penas multicores, fingindo índios, dançavam na frente, ao som de uma zabumbada africana, tangida com fúria em instrumentos selvagens, roufenhos, uns, estridentes, outros. As danças tinham luxuriosos requebros de quadris, uns caprichosos trocar de pernas, umas quedas imprevistas.

Aqueles fantasiados tinham guardado na memória muscular velhos gestos dos avoengos, mas não mais sabiam coordená-los nem a explicação deles. Eram restos de danças guerreiras ou religiosas dos selvagens de onde a maioria deles provinha, que o tempo e outras influências tinham transformado em palhaçadas carnavalescas...

Certamente, durante os séculos de escravidão, nas cidades, os seus antepassados só se podiam lembrar daquelas cerimônias de suas aringas ou tabas, pelo carnaval. A tradição passou aos filhos, aos netos e estes estavam ali a observá-la com as inevitáveis deturpações.

Ele, o doutor Maximiliano, apaixonado amador de música, antigo professor de piano, para poder viver e formar-se, deteve-se um pouco, para ouvir aquelas bizarras e bárbaras cantorias, pensando na pobreza de invenção melódica daquela gente. A frase, maldesenhada, era curta, logo cortada, interrompida, sacudida pelos rufos, pelo ranger, pelos guinchos de instrumentos selvagens e ingênuos. Um instante, ele pensou em continuar uma daquelas cantigas, em completá-la; e a ária veio-lhe inteira, ao ouvido, provocando o antigo professor de música a fazer parar o "Chuveiro de Ouro", a fim de ensinar-lhes, aos cantores, o que a imaginação lhe havia trazido à cabeça naquele momento.

Arrependeu-se que tivesse dito gostar daquela barulhada; porém, o amador de música vencia o homem desgostoso. Ele queria que aquela gente entoasse um hino, uma cantiga, um canto com qualquer nome, mas que tivesse regra e beleza. Mas – logo imaginou – para quê? Corresponderia a música mais ou menos artística aos pensamentos íntimos deles? Seria mesmo a expansão dos seus sonhos, fantasias e dores?

E, devagar, se foi indo pela rua em fora, cobrindo de simpatia toda a puerilidade aparente daqueles esgares e berros, que bem sentia profundos e próprios daquelas criaturas grosseiras e de raças tão várias, mas que encontravam naquele vozeiro bárbaro e ensurdecedor meio de fazer porejar os seus sofrimentos de raça e de indivíduo e exprimir também as suas ânsias de felicidade.

Encaminhou-se direto para a casa. Estava fechada; mas havia luzes na sala principal, onde tocavam e dançavam.

Atravessou o pequeno jardim, ouvindo o piano. Era sua mulher quem tocava; ele o adivinhava pelo seu *velouté*, pela maneira de ferir as notas, muito docemente, sem deixar quase perceber a impulsão que os dedos levavam. Como ela tocava aquele tango! Que paixão punha naquela música inferior!

Lembrou-se então dos "cordões", dos "ranchos", das suas cantilenas ingênuas e bárbaras, daquele ritmo especial a elas que também perturbava sua mulher e abrasava sua filha. Por que caminho lhes tinha chegado ao sangue e à carne aquele gosto, aquele pendor por tais músicas? Como havia correlação entre elas e as almas daquelas duas mulheres?

Não sabia ao certo; mas viu em toda a sociedade complicados movimentos de trocas e influências — trocas de ideias e sentimentos, de influências e paixões, de gostos e inclinações.

Quando entrou, o piano cessava e a filha descansava, no sofá, a fadiga da dança lúbrica que estivera ensaiando com o irmão. O velho ainda ouviu indulgentemente o filho dizer:

— É assim que se dança nos Democráticos.

Cló logo que o viu, correu a abraçá-lo e, abraçada ao pai, perguntou:

— André não vem?

— Virá.

Mas, logo, em tom severo, acrescentou:

— Que tem você com André?

— Nada, papai; mas ele é tão bom...

Quis Maximiliano ser severo; quis apossar-se da sua respeitável autoridade de pai de família; quis exercer o velho sacerdócio de sacrificador aos deuses Penates; mas era cético demais, duvidava, não acreditava mais nem no seu sacerdócio nem no fundamento da sua autoridade. Ralhou, entretanto, frouxamente:

— Você precisa ter mais compostura, Cló. Veja que o doutor André é casado e isto não fica bem.

A isto, todos entraram em explicações. O respeitável professor foi vencido e convencido de que a afeição da filha pelo deputado era a coisa mais inocente e natural deste mundo. Foram jantar. A refeição foi tomada rapidamente. Fred, contudo, pôde dar algumas informações sobre os préstitos carnavalescos do dia seguinte. Os Fenianos perderiam na certa. Os Democráticos tinham gasto mais de sessenta contos e iriam pôr na rua uma coisa nunca vista. O carro do estandarte que era um templo japonês, havia de fazer um "bruto sucesso". Demais, as mulheres eram as mais lindas, as mais bonitas... Estariam a Alice, a Charlotte, a Lolita, a Cármen...

— Ainda toma muito cloral? perguntou Cló.

— Ainda, retrucou o irmão; e emendou: vai ser uma lindeza, um triunfo, à noite, com luz elétrica, nas ruas largas...

E Cló, por instantes, mordeu os lábios, suspendeu um pouco o corpo e viu-se ela também, no alto de um daqueles carros, iluminada pelos fogos de bengala, recebida com palmas, pelos meninos, pelos rapazes, pelas moças, pelas burguesas e burgueses da cidade. Era o seu triunfo a meta de sua vida; era a proliferação imponderável de sua beleza em sonhos, em anseios, em ideias, em violentos desejos naquelas almas pequenas, sujeitas ao império da convenção, da regra e da moral. Tomou a cerveja, todo o copo de um hausto, limpou a espuma dos lábios e o seu ligeiro buço surgiu lindo sobre os breves lábios vermelhos. Em seguida, perguntou ao irmão:

— E essas mulheres ganham?

— Qual! Você não vê que é uma honra? respondeu-lhe o irmão.

E o jantar acabou sério e familiar, embora a cerveja e o vinho não tivessem faltado aos devotos de cada uma das duas bebidas.

Logo que a refeição acabou, talvez uns vinte minutos após, o doutor André se fazia anunciar. Desculpou-se com as senhoras; não pudera vir jantar, questões políticas, uma conferência... Pedia licença para oferecer aquelas pequenas lembranças de carnaval. Deu uma pequena caixa a Dona Isabel e uma maior à Cló. As joias saíram dos escrínios e faiscaram orgulhosamente para todos os presentes deslumbrados. Para a mãe, um anel; para a filha, um bracelete.

— Oh, doutor! fez Dona Isabel. O Senhor está a sacrificar-se e nós não podemos consentir nisto...

— Qual, Dona Isabel! São falsas, nada valem... Sabia que Dona Clódia ia de "preta mina" e lembrei-me trazer-lhe esse enfeite...

Cló agradeceu sorridente a lembrança e a suave boca quis fixar demoradamente o longo sorriso de alegria e agradecimento. E voltaram a tocar. Dona Isabel pôs-se ao piano e, como tocasse depois da sobremesa, hora da melancolia e das discussões transcendentes, como já foi observado, executou alguma coisa triste.

Chegava a ocasião de se prepararem para o baile à fantasia que os Silvas davam. As senhoras retiraram-se e só ficaram, na sala, os homens, bebendo *whisky*. André, impaciente e desatento; o velho lente, indiferente e compassivo, contando histórias brejeiras, com vagar e cuidado; o filho, sem-

104

pre a procurar caminho para exibir o seu saber em coisas carnavalescas. A conversa ia caindo, quando o velho disse para o deputado:
— Já ouviu a "Bamboula", de Gottschalk, doutor?
— Não... Não conheço.
— Vou tocá-la.

Sentou-se ao piano, abriu o álbum onde estava a peça e começou a executar aqueles compassos de uma música negra de Nova Orleans, que o famoso pianista tinha filtrado e civilizado.

A filha entrou, linda, fresca, veludosa, de pano da Costa ao ombro, trunfa, com o colo inteiramente nu, muito cheio e marmóreo, separado do pescoço modelado, por um colar de falsas turquesas. Os braceletes e as miçangas tilintavam no peito e nos braços, a bem dizer totalmente despidos; e os bicos de crivo da camisa de linho rendavam as raízes dos seios duros que mal suportavam a alvíssima prisão onde estavam retidos.

Ainda pôde requebrar, aos últimos compassos da "Bamboula", sobre as chinelas que ocupavam a metade dos pés; e toda risonha sentou-se por fim, esperando que aquele Salomão de *pince-nez* de ouro lhe dissesse ao ouvido: "Os teus lábios são como uma fita de escarlate; e o teu falar é doce. Assim como é o vermelho da romã partida, assim é o nácar das tuas faces; sem falar no que está escondido dentro".

O doutor Maximiliano deixou o tamborete do piano e o deputado, bem perto de Clódia, se não falava como o Rei Salomão à rainha de Sabá, dilatava as narinas para sorver toda a exalação acre daquela moça, que mais capitosa se fazia dentro daquele vestuário de escrava desprezada.

A sala encheu-se de outros convidados e a sessão de música veio a cair na canção e na modinha. Fred cantou e Cló, instada pelo doutor André, cantou também. O automóvel não tinha chegado; ela tinha tempo...

Dona Isabel acompanhou; e a moça, pondo tudo o que havia de sedução na sua voz, nos seus olhos pequenos e castanhos, cantou a *"Canção da preta mina"*:

> Pimenta de cheiro, jiló, quimbombô;
> Eu vendo barato, mi compra ioiô!

Ao acabar, era com prazer especial, cheia de dengues nos olhos e na voz, com um longo gozo íntimo que ela, sacudindo as ancas e pondo as mãos dobradas pelas costas na cintura, curvava-se para o doutor André e dizia vagamente:

Mi compra ioiô!

E repetia com mais volúpia, ainda uma vez:

Mi compra ioiô!

ADÉLIA

— **A** nossa filantropia moderna feita de elegância e exibição é das coisas mais inúteis e contraproducentes que se pode imaginar. Entre todas as pessoas do povo aqui, no Rio de Janeiro, há uma condenação geral para as raparigas que se casam, no dia de Santa Isabel, e saem da Casa de Expostos. Isto se dá para uma casa semirreligiosa, que só visa, penso eu, não a felicidade terrena, mas o resgate de almas das garras do demônio. Agora, imagina tu o que de transtorno na vida de tantos entes não vão levar esses "dispensários", essas *crèches* etc. que lhes amparam os primeiros anos de vida e, depois os abandonam à sua sorte!... Antes a sala do banco da Misericórdia que receita remédios de uma cor única e cuja dieta só varia na inversão dos pratos... É sempre a mesma... Essa caridade é espúria e perversa... Antes deixar essa pobre gente entregue à sua sorte...
— És mau... É impossível que ela não aproveite muitos.
— Alguns, talvez; mas muitos, ela estraga e desvia do seu destino, que talvez fosse alto. Nelson legou *Lady* Hamilton à Inglaterra; e tu sabes quais foram os começos dela. Chegaria até isso se andasse, em *crèches*, dispensários?
— Não sei; mas não nos devemos guiar por exceções.
— É uma frase; mas vou contar-te uma história bem singela que espero não ma interromperás. Prometes?
— Prometo.
— Vou contar.
— Conta lá.
O narrador fez uma pausa e encetou vagarosamente:

— Quando a portuguesa Gertrudes, que "vivia" com o italiano Giuseppe, um amolador ambulante, apresentou Adélia, sua filha, à sublimada competência do doutor Castrioto, do dispensário, a criança era só um olhar. As pernas lhe eram uns palitos, os braços descarnados, esqueléticos, moviam-se nas convulsões de choro sinistramente. Com tais membros e o ventre ressequido e a boca umedecida de uma baba viscosa, a criança parecia premida por todas as forças universais, físicas e espirituais. O seu olhar, entretanto, era calmo. Era azul-turquesa, e doce, e vago. No meio da desgraça do seu corpo, a placidez do seu olhar tinha um tom zombeteiro. O doutor melhorou-a muito; mas, assim mesmo, até à puberdade, foi-lhe o corpo um frangalho e o olhar sempre o mesmo, a ver caravelas ao longe que a viessem buscar para países felizes. Depois de adolescente, porém, no fim das grandes concentrações íntimas, o brilho hialino das pupilas turbava-se, estremecia. Ninguém descobriu-lhe o olhar — quem repara no olhar de uma menina de estalagem? Olham-se-lhe as formas, os quadris e os seios; ela não os tinha opulentos, contudo casou-se. O casamento realizou-se a pé e a garotada assoviou pelo caminho. A noiva com calma estúpida olhou-os. Por quê? Casava-se a pé; era ignóbil. O padrinho não lhe notou modificação sensível. Não chorara, não soluçara, não tremera; unicamente mudou num instante de olhar que ficou duro e perverso. O primeiro ano de casamento fez-lhe bem. A intensa vida sexual arredondou-lhe as formas, disfarçou as arestas e as anfractuosidades — emprestou-lhe beleza. Demais, o ócio desse primeiro ano afinou-a, melhorou-a; mas sempre com aquele olhar fora do corpo e das coisas reais e palpáveis. No fim de dois anos de casada, o marido começou a tossir e a escarrar, a escarrar e a tossir. Não trabalhava mais. Adélia rogou, pediu, chorou. Andou por aqui e por ali. Encontrou alguém amável que a convidou:

— Vamos até lá, é perto.

— Ó... Não... "Ele"...

— "Ele"!... Vamos!... "Ele" não sabe; não pode mais. Vamos.

"Foi, e foi muitas vezes; mas sempre sem pesar, sem compreender bem o que fazia, mas, à espera das caravelas sonhadas.

"Ia e voltava. O marido tossia e tomava remédios. — Trouxeste?

— Sim; trouxe.

— Quem te deu?

— O doutor.

— Como ele é bom.

"Aos poucos, infiltravam-se-lhe gostos novos. Um sapato de abotoar, um chapéu de plumas, uma luva... Morreu o marido. O enterro foi fácil e o luto ficou-lhe bem. O seu olhar vago, fora dos homens e das coisas, atravessava o véu negro como um firmamento com uma única estrela no engaste de um céu de borrasca. Um ano depois corria confeitarias, à tarde; mas o seu olhar não pousava nunca nos espelhos e nas armações. Andava longe dela, longe daqueles lugares.

— Toma *vermouth*?
— Sim.
— É melhor *cocktail*.
— É.
— Antes cerveja.
— Vá cerveja.

"Não custou a embriagar-se um dia. Meteram-lhe num carro. Estava que nem uma pasta mole e desconjuntada.

— Que tem você?
— Nada, não vejo.
— Você por que não abre mais os olhos?
— Não posso, não vejo!
— Lá vão os Fenianos... Você não vê?
— Ouço a música.

"Teve carros. Frequentou teatros e bailes duvidosos, mas seu olhar sempre saía deles, procurando coisas longínquas e indefinidas. Recebeu joias. Olhava-as. Tudo lhe interessou e nada disso amou. Parecia em viagem, a bordo. A mobília e a louça do paquete não lhe desagradavam; queria a riqueza, talvez; mas era só. Nada se acorrentava na sua alma. Correu cidades elegantes e as praias.

— Hoje, ao Leme.
— Sim, ao Leme.

"A curva suave da praia e a imensa tristeza do oceano prendiam-na. Defronte do mar, animava-se; dizia coisas altas que passavam pelas cabeças das companheiras, cheias de mistério, como o voo longo de patos selvagens, à hora crepuscular.

"Veio um ano que se examinou. Estava quase magra, quase esquálida. Foi-se fanando daí por diante. Diminuíram-se-lhe as joias e os vestidos.

Morreu aos trinta e poucos anos como a criança que se fora: um frangalho de corpo e um olhar vago e doce, fora dela e das coisas. Que é que adiantou o dispensário?"

Calou-se o que narrava, e o outro só soube dizer:
— Vou-me embora... Até amanhã.

LÍVIA

E todos os dias quando ela, de manhã cedo, ia, ainda morrinhenta da cama, preparar o café matinal da família, ia toda envolvida num nevoeiro de sonhos, sonhados durante um demorado dormir de oito horas a fio. Por vezes — lá na cozinha, só, vigiando pacientemente a água que fervia — ao lhe chegarem as reminiscências deles em tumulto, juntas, borbulhava-lhe nos lábios uma interjetiva qualquer, eco desconexo do muito que lhe falavam por dentro.

De quando em quando, sofreando um gesto glorioso de satisfação, dizia — é ele — e isso de leve traduzia a grande carícia que lhe era dado gozar naquele instante, refazendo aquele sonho bom — tão bom e acariciador que bem lhe parecia um inebriamento de capitosos perfumes a se evolar do Mistério vagarosamente, suavemente... Depois, logo que o café se aprontava e, na sala de jantar, todos ao redor da mesa se punham a sorvê-lo, mastigando o pão de cada dia — ela, d'olhos parados, presos a uma linha do assoalho, levando compassadamente a xícara aos lábios, ficava a um canto a pensar, remoendo a cisma, procurando decifrar naqueles traços nebulosos — tão malguardados pela memória — a figura viva daquele, com quem, em sonhos, se vira indo de braço dado ruas em fora.

Esforço a esforço, de evocação em evocação, aparecia-lhe aos poucos a sua figura, o seu ar; e, após esse paciente trabalho de reconstrução, lhe vinha, anunciado por um sorriso reprimido que lhe encrespava radiosamente o semblante, o seu nome sílaba por sílaba... Go-do-fre-do. Então com volúpia, ela, lhe pesava os recursos: ganhava cento e vinte, no emprego da Central, talvez, em breve, viesse a ter mais. Quarenta para casa e o resto para o vestuário e alimentos.

Era pouco — convinha —, mas servia, pois assim ficaria livre da tirania do cunhado, das impertinências do pai; teria sua casa, seus móveis e, certamente, o marido lhe dando algum dinheiro, ela – quem sabe! – que tão bons sonhos tinha, arriscando no "bicho", aumentaria a renda do casal; e, quando assim fosse, havia de comprar um corte de fazenda boa, um chápeu, de jeito que, sempre, pelo carnaval, iria melhorzinha à Rua do Ouvidor, assistir passarem as sociedades.

O café já se havia acabado; e ela ficara ainda distraída e sentada, quando soou de lá da sala de visitas, a voz vigorosa do cunhado:

– Lívia! Traz o meu guarda-sol que ficou atrás da porta do quarto. Depressa!... Anda que faltam só oito minutos para o trem!

E como se demorasse um pouco, o Marques, redobrando de vigor no timbre, gritou:

– Oh! C'os diabos! Você ainda não achou! Safa! Que gente mole!

Humildemente, Lívia lá foi aos pulos, como uma corça domesticada, entregar o objeto pedido, para lhe ser arrancado bruscamente das mãos...

Envolvida ainda naquele sonho que lhe soubera tão bem a manhã, ela, através das frinchas da veneziana, viu o cunhado atravessar a rua e se perder por entre o dédalo de casas.

Certificada disso, abriu a janela. O subúrbio todo despertava languidamente.

As montanhas, verde-negras, quase desnudas de vegetação, confusamente surgiam do seio da cerração tênue e esgarçada. As casas listravam de branco e ocre o pardacento geral, enquanto bocados de neblina, finos, adelgaçados, flutuavam sobre elas como sombras erradias.

As ruas descalçadas e enlameadas eram atravessadas por alguns transeuntes cabisbaixos, malvestidos, andando céleres em busca do embarcadouro.

Corria, de resto, como sempre, morosamente o viver diário; e a Lívia, sacudida pelo silvo agudo de uma locomotiva, levantou de repente os olhos, até ali fitos na estação que emergia do ambiente pardo a clarear-se, para pregá-los numa nesga do céu que o sol abria, por entre a névoa, furiosamente, vitoriosamente.

A súbitas, sua alma voou, asas abertas, voo rasgado, para outras bandas, outras regiões. Voou para a cidade de luxo e elegância que, ao fim daquelas fitas de aço, refulgia e brilhava.

Representaram-se-lhe os teatros de luxo, os bailes do tom, a rua da moda onde triunfavam as belezas. Ao considerar isso, viu-se ali também, ela, sim!, ela, que não era feia, tendo o seu porte flexível e longo, envolvido de rendas, a desprender custosas essências e aqueles seus dedos de unhas de nácar, ornados de ouro e pérolas, escolhendo na mais *chic* loja, cassas, *baptistes*, *voiles*...

Numa galopada de sonhos, supôs maiores coisas e — lembrando-se do que lhe contara a madrinha (oh! como era rica!) — imaginou a Europa, aquelas terras soberbas, por onde a "Dindinha" passeava a sua velhice e o seu egoísmo.

Doidamente revolvia a alma e as cismas... Calculou-se lá também, na alameda de um soberbo jardim, de *landau*, com ricas vestes ao corpo unidas, ressaltando delas o esplendor de suas formas e o esguio patrício de seu corpo. Imaginou que, através de um caro chapéu de palhinha branca, se coasse a luz macia do sol da Europa, polvilhando-lhe a tez de ouro, em cujo fundo brilhassem muito os seus olhos vivos, negros e redondos.

— Oh! que bom! Quem me dera! — quase exclamou por esse tempo.

De reviravolta, Lívia adivinhou outra coisa no sonho. Não pensara bem; era outro que não o Godofredo, o rapaz que imaginara.

Aquele nariz grosso, aquela testa alta, o bigode ralo, não eram dele; eram antes do Siqueira, estudante de farmácia, filho do agente. Esse poderia lhe dar aquilo — a Europa, o luxo — pois que formado ganharia muito.

Dessa forma — resolvera — "amarraria a lata" no Godofredo e "pegaria" com o Siqueira. E era muito melhor! O Siqueira, afinal, ia formar-se, seria um marido formado, ao braço do qual, se não fosse à Europa, viria a gozar de maior consideração...

Demais a Europa era desnecessária — para quê? Era querer muito. Quem muito quer nada tem; e ela para ter alguma coisa devia querer pouco. Bastava pois que lhe tirassem dali, fosse esse, fosse aquele; mas... se em todo o caso pudesse ser um mais assim... seria muito melhor.

E desde quando vinha ela querendo aquilo? Havia muitos anos; havia dez talvez. Desde os doze que namorava, que "grelava" só para aquele fim; entretanto, apesar de haver tido mais de quinze namorados, ainda ali estava, ainda ali ficava, sob o mando do cunhado.

Quinze namorados!

Quinze! De que lhe serviram?

Um levara-lhe beijos, outro abraços, outro uma e outra coisa; e sempre, esperando casar-se, isto é, libertar-se, ela ia languidamente, passivamente deixando. Passavam um, dois meses, e os namorados iam-se sem causa. Era feio, diziam; mas que fazer? como casar-se? Por consequência, como viver? A sua própria mãe não lhe aconselhava? Não lhe dizia: "Filha, anda com isso; preciso ver esta letra vencida"?

De resto, o amor lhe desculparia, pois não é o amor o máximo tirano? Não é a própria essência da vida, das coisas mudas, dos seres, enfim?

Porventura ela os amara? Teria ela amado aquela legião de namorados? Amara um, sequer? Não sabia...

— O que é amar? interrogava fremente.

Não é escrever cartas doces? Não é corresponder a olhares? Não é dar aos namorados as ameaças da sua carne e da sua volúpia?

— Se era isso, ela amara a todos, um a um; se não era, a nenhum amara...

E o que era amar? Que era então?

Ao lhe chegar essa interrogação metafísica, para o seu entendimento, ela se perdeu no próprio pensamento; as ideias se baralharam, turbaram-se; e, depois, fatigada, foi passando vagarosamente a mão esquerda pela testa, correu-a pacientemente pela cabeça toda até à nuca.

Por fim, como se fosse um suspiro, concluiu:

— Qual amor! Qual nada! A questão é casar e para casar, namorar aqui, ali, embora por um se seja furtada em beijos, por outro em abraços, por outro...

— Ó Lívia! Você hoje não pretende varrer a casa, rapariga! Que fazes há tanto tempo na janela?!

Obedecendo ao chamado de sua mãe, Lívia foi mais uma vez retomar a dura tarefa, da qual, ao seu julgar, só um casamento havia de livrá-la para sempre, eternamente...

MÁGOA QUE RALA

Dos chefes de Estado que têm tido o Brasil, o que mais amou, e muito profundamente, o Rio de Janeiro, foi sem dúvida, Dom João VI; e a população da cidade e arredores ainda tem na memória, nos dias contemporâneos, mais de um século após a sua chegada a estas plagas, a lembrança do seu nome. Nas freguesias afastadas do antigo Município Neutro, que conservam até hoje uma forte feição roceira, a recordação do rei bondoso e bonachão é mais viva e o seu nome é pronunciado pela gente mais humilde de tais lugarejos, sofrendo uma abreviatura singular – "Dom Sexto". Os que o precederam e nos governaram como vice-reis e governadores-gerais, portaram-se na capital da ilimitada colônia portuguesa como simples funcionários, executores de ordens dos reis, ministros, conselhos, mesas disto e daquilo, sem olhar sequer as árvores, o céu, as cenas que os cercavam e muito menos a gente da terra. Acredito que, com a sua empáfia de fidalgos avariados, muitos deles duvidassem da humanidade dessa última e se aborrecessem com a natureza local, pululante e grandiosa. Não se pareciam com as coisas semelhantes de Portugal e não se podiam medir pelo estalão delas; não prestavam, portanto. A gente, para eles, um pouco mais que animais, eram uns negros à toa; e a natureza, um flagelo de mosquitos e cascavéis, sem possuir uma proporcionalidade com o homem, como a de Portugal, que parecia um jardim, feito para o homem.

Mesmo os nossos poetas mais velhos nunca entenderam a nossa vegetação, os nossos mares, os nossos rios; não compreendiam as nossas coisas naturais e nunca lhes pegaram a alma, o *substractum*; e se queriam dizer alguma coisa sobre ela caíam no lugar-comum amplificado e no encadeamento de adjetivos grandiloquentes, quando não voltavam para a sua arcadiana e livresca floresta de álamos, plátanos, mirtos, com vagabundíssimas ninfas e faunos idiotas, segundo a retórica e a poética didáticas das suas cerebrinas escolas, cheias de pomposos tropos, de rapé, de latim, e regras de catecismo literário.

Se, nos poetas, o sentimento da natureza era esse de paisagens de poetas latinos, numa diluição já tão exaustiva que fazia que os autores do decalque se parecessem todos uns com os outros, como se poderia exigir de funcionários, fidalgos limitados na sua própria prosápia, uma maior força original de sentimento diante dos novos quadros naturais que a luminosa Guanabara lhes dava, cercando as águas de mercúrio de suas harmoniosas enseadas?

Dom João VI, porém, nobre de alta linhagem e príncipe do século de Rousseau, mal-enfronhado na literatura palerma dos árcades, dos desembargadores e repentistas, estava mais apto para senti-los de primeira mão, diretamente. Podia ele, perfeitamente, amar o passaredo alegre na plumagem e triste no canto, a gravidade alpestre de cenários severos, os morros cobertos de árvores de insondável verde-escuro, que descem pelas encostas amarradas umas às outras, pelos cipós e trepadeiras, até o mar fosco que muge ao sopé deles.

O sucesso de Rousseau entre a alta fidalguia do seu tempo foi um estranho acontecimento que hoje surpreende a todos nós, tanto mais que não se passa uma geração e vem ele a ser amaldiçoado pelos filhos e netos dos que o festejaram, como sendo um dos autores do 89 e do rubro 93.

Antes disso foi ele o *enfant gaté* da grande nobreza e da grande burguesia que àquela se assemelhava nos gestos, nos gostos, nos vestuários, em tudo, enfim, até no modo de assinar o nome.

Depois dos seus primeiros sucessos musicais e literários, mesmo antes com a sua mãe-amante, Mme. de Warens, Jean-Jacques foi o mimo, o autor predileto da alta nobreza e da grande burguesia, que esperavam a guilhotina da Grande Revolução lendo as suas declamações e objurgatórias contra a civilização. Sempre lido por elas, sempre por elas agraciado e socorrido, ambas sorveram com lágrimas nos olhos as palavras do genebrino, cujas obras deviam inspirar e sustentar o ânimo do sumo pontífice da guilhotina – Robespierre. É Rousseau, nas festanças e bailes do rico financeiro Dupin, avô ou coisa parecida de George Sand, que, numa edição das *Confessions*, prefaciada por ela, se confessa fiel ao espírito do comensal de seu avô, naquele lacustre castelo de Chenonceaux, erguido a capricho sobre as águas do Cher; é Mme. d'Épinay, é a Marechala de Luxembourg, é o Marquês de Girardin, é o Príncipe de Conti, é Frederico II, é o marechal, governador de Neuchâtel, em nome deste último, e tantos outros magnatas do tempo.

Dom João VI devia tê-lo lido e, sendo desgraçado três vezes, como filho, como marido e como rei, havia de encontrar a sua alma bem aberta para lhe receber as lições e compreender de modo mais amplo a natureza, de modo a ser solicitado para um convívio mais íntimo com as árvores, com os regatos, com as cascatas, fossem elas civilizadas, bárbaras ou selvagens.

Fugido do seu reino, trazendo consigo a mãe louca, que pedia, ao embarcar em Lisboa, andassem mais devagar, para não parecer que fugiam; obrigado pelo seu nascimento e as condições particulares do seu estado, a suportar uma mulher que perdera toda a conveniência, todo o pudor e todo o respeito a si própria, nos seus desregramentos sexuais – o pobre rei, gordo, glutão, tido como estúpido, desconfiado da sua paternidade oficial, só encontrava na música e nos aspectos naturais derivativos para a sua muito humana necessidade de efusões sentimentais.

Na sua vida de grandes mágoas e profundas dores, o seu desembarque no Rio, com certeza, foi para a sua alma uma aleluia. A augusta beleza do cenário natural, a sua originalidade imprevista e grandiosa – sem atingir o incompreensível do desmedido e do colossal, a efusão filial de toda uma bizarra população de brancos, índios, negros e mulatos, quase toda a chorar, provocaram muito naturalmente a simpatia, fizeram-lhe logo brotar no coração uma grande afeição pelo lugar, animaram-no novamente a viver, sentir-se rei de fato – Rei – o chefe aceito voluntariamente, como pai e senhor, por todos aqueles súditos longínquos que o viam pela primeira vez.

Dom João, diz Oliveira Lima, caminha sereno, com a melancolia a fundir-se ao calor da simpatia que o estava acolhendo.

Para bem ver a terra, então, ele se esqueceu as quinze mil pessoas que o acompanhavam desde as margens do Tejo, daqueles quinze mil "desembargadores e repentistas, peraltas e sécias, frades, e freiras, monsenhores e castrados – enxame de parasitas imundos", como diz Oliveira Martins, que aportava em São Sebastião para esvair quotidianamente a Ucharia Real e enchê-la em troca de zumbidos de intrigas, mexericos e alcovitices.

E o rei pagou bem o carinho filial com que o Rio de Janeiro o recebeu; foi grato. Tratou logo de arranjar uma nobreza da terra, que ele mesmo dizia não ser "nobreza" mas "tafetá"; protegeu José Maurício e autorizou que a sua desgraciosa mas sagrada figura de rei, de nobre da mais alta e pura fidalguia, apesar da filha do Barbadão, fosse pintada na tela por um pobre pintor mulato, José Leandro, que nunca vira a Itália, nem museus, nem academias, e talvez até, nem tivesse mestres.

Mas, não foi só aí que mostrou a sua gratidão para os afagos recebidos por ele, na sociedade da Guanabara; não o foi também unicamente, nas instituições de ensino e outras que criou; foi para a terra que o seu agradecimento se voltou, foi para a sua beleza de que se enamorou, onde quis deixar as marcas e o penhor do grande amor que ela lhe inspirara.

De fato, não há lugar no Rio de Janeiro que não tenha uma lembrança do simplório rei erisipeloso e gordo. De Santa Cruz à ilha do Governador, numa distância de vinte léguas, as há por toda a parte; da ilha do Governador à Gávea, também; e no centro da cidade são inúmeras.

Com as más estradas daqueles tempos, talvez pouco piores que as de hoje, é incrível como esse homem, tido por preguiçoso, indolente, vadio, vencesse tão grandes distâncias, andando de um lado para o outro, só para gozar os pinturescos e pitorescos recantos de sua improvisada capital ultramarina.

Hoje, com bondes elétricos, automóveis e o mais, os nossos grandes burgueses, alguns, dados todos os descontos, mais ricos do que o príncipe regente, só sabem amontoar-se em Botafogo, em palacetes de um gosto afetado, pedras falsas de arquitetura, com as tabuletas idiotas de "vilas" (*sic*) disto ou daquilo.

E não era só o rei; a própria rainha foi-se para Botafogo, hoje "melindroso" e "encantador" mas, naquele tempo, roça perfeita; von Langsdorff, cônsul-geral da Rússia tinha uma fazenda na raiz da serra, onde cultivava em larga escala a mandioca; Chamberlain, também cônsul-geral, mas da Inglaterra, era proprietário de uma chácara em Santa Teresa, para caçar borboletas e plantar café; um emigrado político, o Conde de Hogendrop foi morar como simples roceiro da terra, nas Águas Férreas; e o pintor Taunay, membro do Instituto de França, que veio com a missão artística de Lebreton, foi residir com toda a família, nas proximidades da cascatinha da Tijuca.

A nossa burguesia atual, porém, é panurgiana e, por isso banaliza tudo em que toca ou de que se utiliza. Darwin, quando passou por aqui, em 1832, habitou durante os belos meses cariocas de maio e junho uma pequena casa de roça, nas cercanias da baía de Botafogo. É impossível, diz ele, sonhar nada mais delicioso do que essa residência de algumas semanas em país tão admirável! Hoje, se ele visse esse subúrbio do Rio de Janeiro, com as suas casas quase todas iguais em pacholice; com os seus jardins econômicos de terra e, mais do que isso, avaros; com a sua aristocracia de melindrosas desfrutáveis e encantadoras com o espírito nas pontas dos dedos, ambos, machos e fêmeas, estetas de cinemas; com os seus verdadeiros e falsos ricos, arrogantes e ávidos; com os seus lacaios e *badauds* do luxo de pacotilha que lá impera; como não se recordaria da meiguice primitiva do lugar, quando por ali ele caçava "planárias", classificadas por Cuvier como vermes intestinais, mas que, por sinal, não se encontram nos intestinos de qualquer animal; como lhe dariam saudades a música vesperal e dissonante iniciada pelas cigarras estridentes, e seguida pelo coaxar de rãs e sapos e pelo chiar dos grilos, com a iluminação instantânea dos pirilampos? Mas a nuvem pardo-azul, que nos grandes dias de luz funde ao longe as cores e as nuanças, observada pelo sábio inglês, ainda se pode ver naquele célebre recanto do Rio de Janeiro. Os burgueses não se erguem da terra; não escalam o céu. Isso é coisa para titãs...

A nossa plutocracia, como a de todos os países, perdeu a única justificação da sua existência como alta classe, mais ou menos viciosa e privilegiada, que era a de educadora das massas, propulsora do seu alevantamento moral, artístico e social. Nada sabe fazer de acordo com o país, nem inspirar que se faça. Ela copia os hábitos e opiniões uns dos outros, amontoa-se num lugar só, e deixa os lindos recantos do Rio de Janeiro abandonados aos carvoeiros ferozes que, afinal, saem dela mesma.

Encarando a burguesia atual de todo o gênero, os recursos e privilégios de que dispõe, como sendo unicamente meios de alcançar fáceis prazeres e baixas satisfações pessoais, e não se compenetrando ela de ter, para com os outros, deveres de todas as espécies falseia a sua missão e provoca a sua morte. Não precisará de guilhotina...

É bom lembrar, porém, já que falávamos em Darwin, que ele – e não podia deixar de fazê-lo – se refere também ao Jardim Botânico; e este recanto do Rio de Janeiro, tão peculiar à cidade que é até um dos seus emblemas, fala ainda de Dom João VI. Até bem pouco tempo, era o lugar predileto para os passeios burgueses e familiares. Era o lugar dos piqueniques ou convescotes; e, aos domingos e dias de festas, quem lá fosse, encontraria, à sombra das suas veneráveis árvores, famílias e convivas, criados e mucamas, namorados e noivos, a comer o leitão assado e o peru recheado, votivos à boa harmonia e felicidade dos lares, em dias de sacrifício doméstico do nosso culto aos Penates. Foram proibidos e o Jardim Botânico só ficou lembrado por causa de uma casa rústica que havia defronte dele, espécie de hospedaria disfarçada em que, à noite, se realizavam pândegas alegres de rapazes e raparigas que não tinham o que perder. Assim mesmo, entretanto, ele não se aguentou na memória dos cariocas passeadores. Como o Silvestre, a Tijuca e o moderno Sumaré, passou da moda. Hoje é em Copacabana e adjacências que se realizam as pândegas e se epilogam tragédias ou comédias conjugais. O Jardim Botânico, porém, ficou sossegado, quieto entre o mar bem próximo e a selva verde-negra que cobre os contrafortes do Corcovado ao fundo, polvilhada de prata após as grandes chuvas, lançando sobre os que o abandonaram o desdém de suas palmeiras altivas e titanicamente atraídas para o céu, à espera de que, para as suas alfombras, voltem as famílias em festança honesta e os amorosos irregulares sem transportes sagrados, a fim de abençoar, quer umas, quer outros, debaixo das arcarias góticas dos seus bambus veneráveis.

Conquanto tenha tido a primazia de nortear, para o seu portão a primeira linha de bondes que se construiu no Rio de Janeiro, de uns tempos a esta parte o jardim deixou de ser falado nos jornais, nas crônicas elegantes, não mais foi escolhido para festividades mundanas a estrangeiros de distinção efêmera; e a massa dos cariocas, desabituando-se de lhe ouvir o nome, nem vendo a sua alameda senhorial de palmeiras nas notas do Tesouro, esqueceu-se daquele pedaço da cidade, que é bem e só ele mesmo, ele unicamente, sem semelhança com outro.

Um belo dia de anos passados, porém, nas primeiras horas da manhã, logo após o café, abrindo os jornais, deram os cariocas com a primeira página de quase todos os cotidianos ocupada com uma longa notícia, entremeada de gravuras macabras e fisionomias satisfeitas de policiais em diligência.

Cada qual das gazetas tinha mais títulos e subtítulos e cada qual destes era mais campanudo e inexplicável. Leram a notícia e, em suma, tratava-se do seguinte: tendo fechado o jardim, os guardas, conforme mandava o regulamento, passaram revista a todo ele. Davam-na por acabada, quando um deles encontrou, na borda de um gramado, um punhal esquisito, "esquinado", dizia ele, com uma inscrição na face da lâmina. Era simples e em espanhol o mote: *Soy yo!* O achado intrigou-o, esquadrinhou melhor os arredores e veio a dar, dissimulado em uma moita, com o cadáver de uma mulher com o rosto arroxeado e congestionado, inteiramente vestida, só com chapéu fora do lugar, mas, posto por outra mão ao lado dela. Parecia estrangeira. De súbito e de forma tão tétrica, foi arrancado do esquecimento a lembrança do velho jardim real; e ele surgiu a todos da cidade com uma auréola de martírio, feita da ingratidão de toda uma população a cujos pais e avós, sem nada lhes pedir, ele soubera dar tantos instantes de alegria e amor.

Os jornais lembraram a sua história, a sua fundação pelo rei Dom João VI, os benefícios que havia prestado com fornecimentos de sementes de plantas úteis ou "mudas" de variedades de cana-de-açúcar; lembraram a plantação de chá que lá houvera, sem esquecer de louvar as esguias e majestosas palmeiras, uma das quais, plantada pelas próprias mãos do rei, estava morrendo de velha.

O inquérito veio a correr, ou melhor, a arrastar-se sem esperança de resultado; e a inscrição em espanhol, no punhal, fazia que as autoridades policiais prendessem, não só todos os súditos do rei da Espanha que encontravam à mão, como também colombianos, argentinos, chilenos, e até um filipino azeitonado foi preso, apesar de ser um simples e inofensivo malaio vagabundo e cabeludo, que vivia a catar ervas medicinais para vendê-las aos herbanários da Rua Larga e aos chefes de macumbas e "candomblés" dos subúrbios longínquos. Tudo em pura perda.

A vítima foi identificada. Era uma criada alemã, arrumadeira de um grande hotel de luxo do Silvestre ou de Santa Teresa, que, nos seus dias de folga ou licença, gostava de passear pelos arredores da cidade e beber cerveja em toda a parte. Todos os frequentadores de casas de chopes conheciam aquela pequena alemã, de Baden, rechonchudinha, polpuda que nem um repolho, com os malares sempre rosados, possuidora de um perfeito aspecto de boneca alemã de carregação, que bebia mais do que os patrícios, rindo curto e estalando as palavras no duro e gutural alemão, cuja família diziam ser de camponeses de um lugarejo do grão-ducado. Os seus papéis eram cartas dos pais, de irmãos e parentes, além de lembranças de uns e outros, como retratos, sem mais outro traço sentimental que não este da família; e sobre o seu cadáver foram encontradas as joias que a sua modesta condição permitia possuir: um anel de pouco preço, umas bichas de ouro e brilhantes mas de valor pouco considerável, um par de pulseiras, algum dinheiro e mais nada.

II

O doutor Matos Garção era quem conduzia o inquérito; mas esse moço, feito delegado de polícia, por empenhos de políticos do interior e sendo ele mesmo de São Sebastião de Passa Quatro, pecava por inteiro desconhecimento do Rio de Janeiro, de forma que, apesar de ter alguma inteligência, andou dando por paus e por pedras, cego, tonto, numa descontinuidade de esforços de causar riso e pena.

Houve até uma diligência que inspirada por ele, parecia encaminhá-lo para a descoberta do assassino da pequena Graüben Hunderbrok; mas que ele não a soube aproveitar. Tendo observado que muitos desses imigrantes espontâneos chegam ao Rio de Janeiro, com passagem por Buenos Aires, conseguiu obter da polícia argentina informações a respeito da alemãzinha assassinada. De lá, noticiaram que ela estivera naquela cidade do Prata, havia já quatro anos, quando, tendo vinte e três de idade, viera de França, de Paris, acompanhando uma família rica argentina, como criada. Meses depois, poucos, quatro, se tanto, despedira-se bruscamente e subitamente embarcara para a Guanabara. Era o que informaram as pessoas da família Avendaña, com a qual apartara em Buenos Aires. Um casal de alemães, cujo marido tinha um emprego secundário nas oficinas da Cervejaria Brama, sem ser solicitado, depôs perante o delegado. O que havia de importante, no depoimento dele, era que Graüben tinha na sua companhia um filho de quatro anos, a que dera à luz alguns meses após a sua chegada de Buenos Aires. O exame médico-legal tinha já indicado essa maternidade que ela parecia querer ocultar.

O punhal foi bem examinado; mas apesar de parecer a todos uma arma de luxo e antiga, cabo de prata lavrada, guarda de aço com arabescos tauxiados e a tal inscrição sibilina – *Soy yo!* na lâmina também tauxiada de arabescos, nenhum dos armeiros, chamados para quesitos, se animavam a dizê-lo autêntico, hesitavam na determinação de sua procedência, uns queriam-na toledana, outros italiana das primitivas armas da Renascença e alguns mesmo chegaram a pensar em uma imitação, para "engazopar" os colecionadores "rastas" da América do Sul. A bainha não foi encontrada; a adaga estava imaculada de sangue, pois a morte se dera por estrangulamento, tendo o assassino simplesmente esganado a rapariga com ambas as mãos.

Ia assim o inquérito, cansando todos: delegado, escrivão, comissários, guardas, agentes, polícias de farda, "encostados", jornalistas e o público; e já o doutor Matos, de São Sebastião de Passa Quatro, se resolvera a fechar a semana "espanhola" e inaugurar a "germânica" com a detenção de muitos alemães, quando a 22 de junho, isto dias depois do assassínio, surge na delegacia um rapaz de vinte e poucos anos de idade, boa aparência, que se acusa como autor do homicídio do jardim.

Chamava-se ele Lourenço da Mota Orestes e era empregado nos Telégrafos, em um modesto lugar, sendo muito estimado pelos chefes, superiores e colegas, pela sua reserva, sua assiduidade e obediência. Fora, antes, empregado no comércio, onde seu pai era também muito estimado e considerado, pela sua honestidade e rigor no cumprimento das suas obrigações. Tinha este um grande "bazar" muito apregoado, pelas bandas do Estácio de Sá, onde comerciava com toda a lisura, não tendo por isso grande fortuna, empregando quase toda a renda da loja nas suas despesas de família.

Lourenço, ao entardecer daquele úmido dia de junho de..., chegou à delegacia e disse precisar falar ao delegado sobre o assassínio da alemãzinha. Estava já a autoridade muito enfarada com o caso e demorou razoavelmente em recebê-lo. Devido à insistência do rapaz, veio a ser ouvido duas horas depois de sua chegada. Logo que se aproximou do doutor Matos, disse-lhe sem mais detença que confessava ser ele o matador de Graüben. O jovem bacharel de São Sebastião de Passa Quatro estremeceu na ampla cadeira, levantou-se como se fosse impelido por uma mola, e, acompanhando a fala com um olhar desvairado, perguntou ao rapaz, para quem tinha a mão direita estendida, apontando-o dramaticamente, com o dedo indicador:

— Foste tu, então?
— Fui, doutor; disse o rapaz serenamente.

Tocou o delegado a campainha, chamou os seus auxiliares, aos quais disse em tom de grande satisfação:

— Está ali (apontou) quem matou a alemã no jardim. Todos exclamaram a um só tempo:

— Este!

O delegado, de novo apontando para o rapaz, confirmou:

— Sim; é este.

Perguntou em seguida ao Lourenço:

— Não foste tu?
— Fui, doutor.

Determinou, então, o doutor Matos Garção que o metessem no xadrez; que o vigiassem muito e não deixassem conversar com ninguém. Logo que o rapaz se encaminhou para a prisão da delegacia, onde estavam os xadrezes, ordenou ao prontidão que telegrafasse ao chefe, aos auxiliares, à Associação de Imprensa, a todos os jornais, convidando todos para assistir à confissão do criminoso.

Com tal notícia, a cidade teve um contentamento de alívio; e alguns curiosos de ver o assassino e talvez ouvir-lhe a confissão, que a nova estampada à porta dos jornais tinha feito encaminharem-se para o posto policial longínquo, tiveram que esperar até quase às onze horas da noite o momento de serem satisfeitos e dele saíram, nas imediações da madrugada.

O chefe e os polícias graúdos chegaram às nove horas, os repórteres dos principais jornais pouco depois, mas faltava o do *O Arauto do Povo*, um jornal ainda novo, mas de grande venda, que chegou pelas proximidades das onze horas e foi esperado devido às ordens do chefe, pois *O Arauto* fazia-lhe uma oposição cega e queria ele provar à sua redação o quanto eram infundados os seus artigos.

Tendo chegado, afinal, o repórter, seguido de fotógrafo como alguns outros, o criminoso foi introduzido.

Antes, tinham os jornalistas tirado aspectos da "mesa", com chefe de polícia, auxiliares, delegados, escrivão, sentados, e, de pé, às costas destes, inspetores, guardas, polícia etc.

O moço entrou e puseram-no em uma cadeira próxima ao delegado distrital que esperou, para tomar por termo a confissão, que os fotógrafos "batessem" a chapa à luz da explosão do magnésio.

No começo, correu tudo em ordem e o acusado, com voz firme, articulando distintamente palavra por palavra, disse o seu nome, a sua filiação, ter vinte e cinco anos de idade etc. etc. Narrou como se dera o crime. Tendo, todos os anos, quando podia gozar férias, aí pelo mês de junho, o hábito de vir passar os quinze dias delas em casa de seu amigo Leopoldo Martins Barroca, nos arredores da Praia do Pinto, da lagoa Rodrigo de Freitas, viera como de costume naquele ano. Gostava de passá-los aí, pois, com a sua família, até aos catorze anos, antes de estabelecer-se seu pai, ao deixar de ser feitor do jardim, ele residira naquelas redondezas das quais guardava as mais suaves recordações. Naquele dia, 14 de junho de..., o do assassínio, tendo almoçado com a mulher e os filhos do seu amigo, sem ele, pois o fazia mais cedo para não perder o seu ponto no Arsenal de Marinha, onde era escrevente, saiu e foi ler o *Jornal do Comércio*, na venda do "seu" Eduardo, que ficava justamente na praia, fazendo esquina com a Rua do Pau, em que estava a casa do seu hospedeiro amigo.

Lera a folha vagarosamente e dera-lhe vontade de ir ao jardim passear. Assim fizera e, vagando pelas alamedas, naquele dia de semana, silenciosas e desertas, encontrara com aquela alemã que, só agora, pela leitura dos jornais, soube chamar-se Graüben. Travara, a propósito não se lembra de que, conversa com ela. Ria-se muito a moça, com um riso estreito e de pouca duração, com propósito ou não, e pareceu-lhe, por diversos gestos, ter-se ela apaixonado por ele. Em um dado momento, quis beijá-la, ela o repeliu, mas continuou a conversar com ele, como se nada tivesse havido, no seu mau português.

Chegando a um lugar mais sombrio, repetiu a tentativa de abraçá-la e beijá-la e repetiu com mais força e decisão. Ela, a alemã, se enfureceu e arrancou não sabia de que dobra do vestido, o punhal que foi encontrado, tentando feri-lo. Foi por esse tempo que, desvairado pela luxúria, pelo despeito, pelo medo – tudo isto misturado e multiplicado levou-o a agarrar a rapariga pelo pescoço, com ambas as mãos, cheio de frenesi apertou-o loucamente, cegamente e, quando pode refletir, viu que ela estava morta. Vendo-a assim, ocultou o cadáver em uma moita e saiu muito naturalmente, aí pelas três horas da tarde. Foi para a casa de que era hóspede e, ao dia seguinte, no noturno, embarcava para São Paulo, onde estivera até à véspera daquele dia 22.

Essa parte principal do depoimento correu bem, mas logo que o acusado deu por finda a acusação que fazia a si mesmo, todos começaram a interrogá-lo, quase a um só tempo – chefe, delegados, comissários, jornalistas, homens do povo e até polícias.

Apesar da barafunda, a todos respondia com calma e precisão, mesmo porque, em geral, as perguntas eram as mais idiotas possíveis ou não tinham relação alguma com o torpe crime do Jardim Botânico.

No dia seguinte, os jornais, pejados de retratos e outras gravuras, traziam longas notícias, com os comentários do costume e alguns elogiavam o chefe, outros calavam-se a tal respeito; mas todos eram acordes em tachar de revoltante o criminoso, tipo verdadeiramente lombrosiano, pelas feições e pela cínica calma dos delinquentes natos.

A não ser a calma, não havia nada de verdade nisso. O rapaz era bem parecido e conformado de corpo e rosto, mais alto que baixo, branco sem jaça, robusto mais do que a média; e tinha um olhar agudo, por vezes agudíssimo, mas sempre meigo e triste, onde havia muito de vago e de melancolia.

No dia seguinte, começaram a interrogar as pessoas aludidas na confissão pelo criminoso. Dois guardas do jardim reconheceram-no; um, porém, dizia que o vira entrar na véspera do crime, no dia de Santo Antônio; entretanto, o outro jurava que ele estivera no jardim, a 14, por sinal que o avistara, nas proximidades do chafariz, quando ia o visitante dobrar a alameda à esquerda e perpendicular à principal da entrada.

Este depoimento, se bem que fosse confirmado, mais tarde e em acareação com o protagonista da tragédia, estava em contradição com muitos outros. Dona Zilda, a mulher do amigo em cuja casa Lourenço estivera hospedado, depôs dizendo que, no dia do crime, o seu hóspede lhe chegara à casa, aí pelas três horas e pelos fundos, pois era seu hábito, depois de ler o *Jornal* na venda, descer à praia, embrenhar-se na restinga, chupar cambuim, pitangas, frutas de cardo, pixirica, qualquer fruta silvestre e voltar para a casa pelos fundos que davam para a restinga do Leblon. Perguntada se era costume dele ir ao jardim, disse que sim, parecendo-lhe até que, no dia de Santo Antônio, lá fora.

O proprietário da venda, o Senhor Eduardo Silveira, mais ou menos confirmou o depoimento de Dona Zilda. Disse que, deixando o Senhor Lourenço de ler o *Comércio* pelas duas horas, o vira descer à praia, como era do seu hábito, procurar um atalho que levava à restinga; e não acreditava que tivesse ido ao jardim, naquele dia, por aquelas horas, pois estava sem colarinho nem gravata, não se entrando, como é sabido, naquele logradouro público sem esses complementos do vestuário.

O marido de Dona Zilda, o amigo de Lourenço, pouco sabia, mas asseverava que ele fora ao jardim, a 13, dia de Santo Antônio, pois, tendo ficado em casa para remendar uma cerca e consertar o galinheiro, o vira sair completamente vestido, convidando-o, a ele, depoente, a acompanhá-lo, o que não fez, e com isso desculpou-se, por ter de executar aqueles servicinhos caseiros.

Reinquirido, à vista do depoimento do vendeiro, a respeito de como tinha podido entrar no jardim, sem colarinho, nem gravata, explicou Lourenço que obtivera esses dois objetos no caminho de Jorge Turco, nas Três-Vendas, e os colocara no pescoço, nos fundos do botequim do canto da Estrada de Dona Castorina.

Jorge Turco, convidado a depor, afirmou nunca ter vendido um alfinete ao rapaz, que conhecia, entretanto, por lhe passar pela porta do negócio em companhia do "Seu" Leopoldo da Rua do Pau, um dos seus bons fregueses e a mulher também.

O dono do botequim dissera que, de fato, um dia destes da semana passada, tinha consentido que ele fosse aos fundos do seu negócio, mas não sabia ao certo o dia e não podia garantir que para lá entrasse sem colarinho e gravata. Com eles, saiu; disso, tinha memória.

Apesar de toda essa confusão de depoimentos que resultava em mostrar não ter ele coparticipação nem ser autor do crime, Lourenço continuava a afirmar com a mais convincente das firmezas que era autor do assassínio; que fora só ele quem matara a alemã; que merecia castigo e ajuntava detalhes elucidativos da sua luta com a alemã que dizia ter morto, nas condições do seu primitivo depoimento.

Vindo a saber-se que, nos dias que medearam entre o do crime e o da confissão, não estivera ele em São Paulo, mas, na barra da Guaratiba, em casa de uns antigos serviçais de seu pai, muito chegados à família, sendo ele até padrinho de um dos filhos deles – vindo a saber-se disso, explicava a falsidade, do seu primeiro depoimento nessa parte, como tendo por fito não querer comprometer aqueles pobres pretos aos quais muito estimava e amava.

Toda a sua confissão ia assim se desmoronando com as informações que traziam as pessoas conceituadas no seu meio peculiar, e indicadas tácita ou explicitamente nos depoimentos do acusado, as quais procuradas para elucidar os passos dados por ele naquele sinistro pomerídio de 14 de junho de..., vinham todas elas mostrar a inverossimilhança de suas afirmações, fazendo-o claramente inocente. Não se sabia o que pensar de tão esquisito caso...

O pai, como informante, depôs longamente sobre o caráter e os hábitos do filho. O seu depoimento foi tocante e longo. Era um velho português forte e firme, com um olhar ladino, mas bondoso, inspirando toda a sua pessoa, retidão, energia e franqueza. Contou ele que, desde uns cinco ou seis anos para cá, o gênio do seu filho se transformara. Até aos vinte anos, era alegre, até folgazão, gostava de regatas, de festas, de vestuário e atavios. Logo, aos dezesseis anos, pedira-lhe que o empregasse, porque não tinha propensão para os estudos. Ele, pois, se entristecera, porquanto o julgava, como todos os seus mestres, inteligente e aplicado. Fazendo-lhe a vontade, apesar de isso desgostá-lo e também à mulher, empregara-o em uma casa comercial, por atacado, onde fez carreira, sendo de ano para ano aumentado de vencimentos. Deu em morar fora da casa paterna, sob o pretexto de ficar mais perto do clube de regatas de que era sócio, e não precisar acordar-se tão cedo para comparecer aos "ensaios". Não se opôs, já por julgá-lo ajuizado, já por apreciar o seu desenvolvimento físico e o ar de saúde que ia ganhando.

Aos dezenove anos para os vinte, sem explicação alguma (aí a sua voz tremeu), soube que o seu filho tinha abandonado o emprego e fugira não sabia para onde. Fora ao patrão, pagou-lhe uns pequenos adiantamentos que fizera a casa ao rapaz e, quase dois anos depois, veio a saber que o filho estava na maior miséria em São Paulo, exercendo os duros e humildes ofícios de varredor e carregador de uma venda de arrabalde. A instâncias de sua mulher partiu para aquela capital, trouxe-o e, um ano inteiro, Lourenço lhe ficou em casa, trocando raras palavras com ele e os irmãos, só se expandindo mais longamente com a mãe. Não atinava com a mágoa do filho e temia que se matasse. Vivia a ler livros de religião e espíritas, cujos títulos ele, o pai, não sabia repetir. Não queria ver jornais, nem revistas. Seus cuidados com a integridade mental do filho eram grandes, tanto mais que, várias vezes, lhe dissera a mulher que, quase sempre, quando ia ao quarto do filho, o encontrava a chorar ou com a fisionomia de quem tinha acabado de fazer isso. Por intermédio dela, sempre lhe fornecia dinheiro, para as suas pequenas necessidades; e, longe de empregá-lo consigo, seu filho dava a maior parte aos criados da casa, às crianças da vizinha, só reservando uma pequena e diminuta quantia para a compra de cigarros ordinaríssimos e fósforos. Quisera-o mandar para a Europa, e ele não aceitara, dizendo à mãe que tinha medo do oceano. Preferia que lhe arranjassem um pequeno emprego público modesto; com as suas relações, conseguira ele, o pai, obter; e, desde que o exerce, como que tinha melhorado de estado de espírito. Quanto ao crime, não sabia nada; mas não julgava seu filho capaz de tanta maldade, antes o supunha louco, com a mania do martírio e, em tempo, havia requerido o competente exame de sanidade mental.

A parte do depoimento do pai que aludia à fuga do filho para São Paulo, impressionou o repórter d'*O Arauto*, que, daqui e dali, veio saber e publicou o motivo dela. Ele abalara para lá, devido a ter dado um desfalque na casa em que era empregado, no valor de dois ou três contos, que foram pagos pelo pai.

A polícia que já estava disposta a não acreditar na sua confissão, à vista de tal precedente, voltou à carga, encerrou o inquérito e remeteu-o ao juiz competente. As contradições e incongruências entre a confissão o réu e os depoimentos de testemunhas e informantes continuaram a encher de mistério o caso.

O juiz sumariante ficou completamente atrapalhado, doido até, com tal crime e tal criminoso. Não havia uma hipótese a fazer, quase todos os depoimentos levavam à convicção de que a confissão de Lourenço era falsa; ele, porém, confessava com tal firmeza! Que havia de pensar?

Quem sabe se ele não queria despistar a polícia, mas com que interesse? Os seus amigos do peito eram poucos e todos eles podiam dar numerosas testemunhas como tinham passado todo o dia 14, quase todo, nas suas repartições. Por dinheiro? Era absurdo.

O advogado, chamado pelo pai, disse-lhe logo:

— Aceito, mas o meu maior adversário é seu filho... Não cessa de confessar que foi ele e justificar mais ou menos bem os desmentidos às suas afirmações. Olhe como se saiu daquela "potoca" de São Paulo. Perfeitamente aceitável... É o diabo! Mas... aceito!

O advogado, em desespero de causa, pediu exame de sanidade mental para o seu cliente. O juiz com muito contentamento deferiu o pedido. Lourenço foi para o hospício, onde esteve internado dois meses. Da comissão, fazia parte o doutor Juliano Moreira que empregou todo o seu saber e toda a sua quente simpatia, para decifrar aquele angustioso enigma psicológico.

Observado cuidadosamente, virado o seu espírito pelo avesso, interrogado dessa e daquela forma, escrevendo e falando, Lourenço não revelou qualquer perturbação nas suas faculdades mentais. Era o homem comum, o médio, sem nenhuma degenerescência ou psicose, inferior ou superior, acentuada.

Foi pronunciado; mas, antes que entrasse em júri, uma pequena revista lembrou um caso muito semelhante acontecido na Alemanha, em Essen, e contado em um livro do Senhor Hugo Fridlaender e resumido, no *Le Temps* por Th. de Wyzewa. Tratava-se de um tal Alfred Land que, tendo praticado uma pequena falcatrua, um furto doméstico, se sentiu tão angustiado, tão cheio de mágoa, de relação íntima a lhe pedir expiação da falta, que não trepidou em acusar-se como autor de um assassínio misterioso, o qual ele estava materialmente impossibilitado de executar.

Citando Wyzewa, o autor do artigo dizia que, em Lourenço, a consciência de ter desonrado o seu nome, de ter cometido um crime vil e covarde, de ter injuriado, maculado a honra dos pais e da família, era o que o roía interiormente, o desassossegava, o ralava dia e noite, silenciosamente, sem que ele avaliasse bem a tensão desse estado d'alma, até o dia em que a notícia do assassínio da pequena alemã, num recanto afastado do Jardim Botânico, sugeriu-lhe a ideia de resgatar o seu erro de rapazola com uma condenação por assassínio.

Levava-o a júri uma espécie de necessidade de resgatar a sua falta de um modo "heroico, romanesco e místico" da honestidade; uma premente determinação de expiação do seu crime de furto, determinação que invadira aos poucos, insidiosamente, a sua vontade, no silêncio de suas meditações e nas horas angustiosas do remorso e do arrependimento.

Ninguém aqui, como aquele juiz de instrução do *Crime e Castigo*, se abalança a ler as pequenas revistas de rapazes, para estar a par da psicologia mórbida dos criminosos cerebrais e inexplicáveis; e, por isso, muito naturalmente, não houve quem interpretasse de modo plausível a atitude daquele rapaz que parecia desejar com volúpia uma condenação por crime hediondo e execrando.

Foi a júri e não foi difícil absolvê-lo. Ninguém acreditava na sua criminalidade, nem o promotor, nem jurados, nem juiz, ninguém! Quando, porém, o juiz, à vista das respostas do júri, mandou-o pôr em liberdade, se por "al" não estivesse preso, conforme a linguagem forense, Lourenço se levantou, pediu *venia* ao juiz, e, perante este e os jurados, protestou contra a sua absolvição, nos seguintes termos:

— Senhor juiz e senhores jurados, eu protesto contra a minha absolvição que é iníqua e injusta, em face da minha consciência. Sou um criminoso, ninguém melhor do que eu pode afirmá-lo; quero sofrer, para resgatar-me e poder, então, viver outra vez com alegria e satisfação, no convívio dos meus semelhantes. Nenhuma justiça, nenhum homem tem o direito de se opor a esse meu sincero desejo... Protesto, portanto!

Sentou-se; mas, o promotor não apelou.

UMA VAGABUNDA

— **É** um caso bem curioso o que te vou contar e que me parece digno de registro. Para muitos parecerá fantástico; mas, como tu sabes, já houve quem dissesse que a realidade é mais fantástica do que imaginamos.

— Dostoiévski?

— Sim; creio que foi ele, embora não afiance que fosse com essas palavras. Sabes bem como são as palavras dele?

— Não; mas estou certo de que não lhe traí o pensamento... Enfim! Isso não vem ao caso. Conta lá a história.

— Conto-a a ti com todos os detalhes, para que possas tirar dela todo o profundo sentido que tem. Se se tratasse de outro, havia de abreviá-la, transformá-la-ia, em anedota; mas, tratando-se de ti, não há nada que seja prolixo para a compreensão de semelhante fato.

Eles estavam no Campo de Sant'Ana e aquelas cutias sempre ariscas e aquelas saracuras de galinheiro, apesar de tudo, não deixavam de dar um toque selvagem naquele jardim educado.

O narrador continuou:

— Foi isto há alguns anos passados. Bebia eu muito nesse tempo, muito mesmo porque tinha por divisa ou tudo ou nada. Além disso, adotara uma frase não sei de que autor, como complemento da divisa.

— Qual é? perguntou o outro.

— "O burguês bebe champanha; o herói bebe aguardente."

— Essas duas sentenças combinadas deviam dar resultados surpreendentes.

— Deram como tu sabes, mas eu te quero contar uma que tu não sabes.

— Duvido.

— Pois vais ver.

— Não acredito, pois sei todas as tuas proezas desse tempo.

— Essa proeza, porém, não é minha; é de outro ou de outra.

— Que outra?

— Conheceste a Alzira?

— Sim! Aquela vagabunda que ia à casa do "Guaco", na Rua do Carmo.

— É isso mesmo: aquela vagabunda que ia à casa do "Guaco", na Rua do Carmo. É isso.

— Homem! Pelo modo por que falas, parece que tiveste paixão por ela...

— Não tive paixão, mas sou-lhe grato.

— Por quê?

— Lembras-te bem que ela bebia conosco calistos de "Guaco".

— Lembro-me bem.

— E que ela tivera um passado de lustre, de opulência, no alto mundanismo?

— Perfeitamente. Contudo, Frederico, eu penso que ela exagerava um pouco.

— É verdade. Aquele caso que ela nos contou de ter perdido uma noite, não sei em que jogo, em São Paulo, oitenta contos, não me parece verossímil; entretanto...

— Não é só isso. Todas as sumidades da república haviam sido seus amantes. Ora, isso não é possível, porquanto muitas delas, quando começaram, eram pobretões que não podiam aspirar a semelhante "objeto de luxo".

— Tens razão; mas...

— Uma coisa: quando me recordo da Alzira, só me vem à mente o seu famoso chapéu de chuva de alpaca, com que, às vezes, quando embriagada, desancava um qualquer e ia parar no xadrez.

— Eu, quando me vem ela à lembrança, com a sua fisionomia triste, fanada, e com o seu orgulho de ter tido muito dinheiro, por meios tão baixos...

— A observação é boa. Ela não parecia ter dor em recordar os belos dias passados; parecia antes ter prazer... Afinal, que tem ela com a tua história?

— Estavas fora, lá, para Alagoas. Continuei a frequentar o "Guaco", onde ia todas as tardes encontrar os companheiros. Ocasionalmente topava com Alzira e pagava-lhe um cálice. As nossas relações eram as mais amistosas possíveis. Ela me contava as histórias de aventuras passadas, quer as de jogo, quer as de amor; e eu as ouvia para aprender a vida com aquela mulher batida pela sorte, pelo infortúnio e pela maldade dos homens. Gostava até da emoção que ela sentia, narrando o seu triunfo, quando, trepada no alto dos carros de carnaval, era aclamada pelas famílias, nas ruas apinhadas por onde passava. Pelo modo que ela me contava esses episódios, julguei que Alzira nesses dias se supunha resgatada. Talvez tivesse razão...

— Coitada! fez o outro.

— Bem. Como te contava, ia sempre ao "Guaco" e, em certo dia do pagamento, lá fui. Tinha os vencimentos quase intactos na algibeira. Encontrei-a, sentei-me e pedi cerveja. Ela não quis, ficou no seu cálice habitual. Em dado momento, ao passar o proprietário, o Martins – tu te lembras dele?

— Pois não.

— Disse-lhe: Martins vê quanto te devo. Ele respondeu e, logo que ele se afastou, Alzira perguntou-me: "Frederico, tens dinheiro?" Disse-lhe que sim; e ela me pediu: "Podes-me 'passar' cinco mil-réis?" Não me fiz esperar e dei-lhe uma nota de cinco mil-réis que tinha na algibeira do colete. Ela guardou e continuou a conversa. Veio a hora de sair e de pagar a despesa atual e as passadas. Martins fez a soma e tirei da algibeira da calça o grosso do dinheiro, dando-lhe uma nota que satisfizesse a conta. Logo que o Martins se dirigiu ao balcão, ela me disse ao ouvido: "Tu não podes dar mais cinco mil-réis?" Disse-lhe peremptoriamente: não! Não teve um momento de hesitação: levantou-se e atirou-me a nota na cara. Foi saindo e descompondo-me baixamente.

— Era muito malcriada.

— Pensei isso e o Martins aconselhou-me a evitá-la, por isso. Um acontecimento posterior, porém, fez-me julgá-la melhor.

— É daí que...

— Vais ouvir: passaram-se meses e, para publicar um livro, meti-me em transações. Se o livro deu dinheiro eu não sei, porque só o perdi com ele; entretanto fez um sucessozinho; mas, caí de roupas etc. etc. Uma noite estava sentado entre desanimados, como eu, num banco do Largo da Carioca, considerando aqueles automóveis vazios, que lhe levam algum encanto. Apesar disso, não pude deixar de comparar aquele rodar de automóveis, rodar em torno da praça, como que para dar ilusão de movimento, aos figurantes de teatro que entram por um lado e saem pelo outro, para fingir multidão; e como que me pareceu que aquilo era um *truc* do Rio de Janeiro para se dar ares de grande capital movimentada... Estava assim, quando me bateram no ombro: "Oh! Frederiquinho!"

– Quem era?
– Era a Alzira.
– Queria ela alguma coisa?
– Queria dar-me. Nada mais.
– O quê?
– A passagem do bonde.
– Tu não a tinhas?
– Tinha. Disse-lhe isso até; mas o meu aspecto era da mais completa miséria. Minha roupa estava sebosa, meu chapéu de palha muito sujo, cabeludo, barba velha; e, além de tudo, sobreviera-me uma fraqueza de pálpebras, que me obrigava a usar uns sinistros óculos escuros de mendigo semicego. Apesar da minha recusa, ela insistiu de tal modo, de forma tão cheia de piedade e ternura, que me pareceu uma cruel desfeita não lhe aceitar o cruzado.

– Aceitaste?
– Aceitei.
– Curioso.
– Está aí a vagabunda do "Guaco", meu caro Chaves.

Levantaram-se, saíram do jardim e o advento da noite misteriosa e profunda era anunciado pelo acender dos lampiões de gás e o piscar dos globos de luz elétrica, naquele magnífico fim de crepúsculo.

SUA EXCELÊNCIA

O ministro saiu do baile da embaixada, embarcando logo no carro. Desde duas horas estivera a sonhar com aquele momento. Ansiava estar só, só com o seu pensamento, pesando bem as palavras que proferira, relembrando as atitudes e os pasmos olhares dos circunstantes. Por isso entrara no *coupé* depressa, sôfrego, sem mesmo reparar se, de fato, era o seu. Vinha cegamente, tangido por sentimentos complexos: orgulho, força, valor, vaidade.

Todo ele era um poço de certeza. Estava certo do seu valor intrínseco; estava certo das suas qualidades extraordinárias e excepcionais. A respeitosa atitude de todos e a deferência universal que o cercava eram nada mais, nada menos que o sinal da convicção geral de ser ele o resumo do país, a encarnação dos seus anseios. Nele viviam os doridos queixumes dos humildes e os espetaculosos desejos dos ricos. As obscuras determinações das coisas, acertadamente, haviam-no erguido até ali, e mais alto levá-lo-iam, visto que só ele, ele só e unicamente, seria capaz de fazer o país chegar aos destinos que os antecedentes dele impunham...

E ele sorriu, quando essa frase lhe passou pelos olhos, totalmente escrita em caracteres de imprensa, em um livro ou em um jornal qualquer. Lembrou-se do seu discurso de ainda agora:

"Na vida das sociedades, como na dos indivíduos"...

Que maravilha! Tinha algo de filosófico, de transcendente. E o sucesso daquele trecho? Recordou-se dele por inteiro:

"Aristóteles, Bacon, Descartes, Spinosa e Spencer, como Sólon, Justiniano, Portalis e Ihering, todos os filósofos, todos os juristas afirmam que as leis devem se basear nos costumes"...

O olhar, muito brilhante, cheio de admiração – o olhar do *leader* da oposição – foi o mais seguro penhor do efeito da frase...

E quando terminou! Oh!

"Senhor, o nosso tempo é de grandes reformas; estejamos com ele: reformemos!"

A cerimônia mal conteve, nos circunstantes, o entusiasmo com que esse final foi recebido.

O auditório delirou. As palmas estrugiram; e, dentro do grande salão iluminado, pareceu-lhe que recebia as palmas da Terra toda.

O carro continuava a voar. As luzes da rua extensa apareciam como um só traço de fogo; depois sumiram-se.

O veículo agora corria vertiginosamente dentro de uma névoa fosforescente. Era em vão que seus augustos olhos se abriam desmedidamente; não havia contornos, formas, onde eles pousassem.

Consultou o relógio. Estava parado? Não; mas marcava a mesma hora, o mesmo minuto da sua saída da festa.

— Cocheiro, onde vamos?
Quis arriar as vidraças. Não pôde; queimavam.
Redobrou os esforços, conseguindo arriar as da frente.
Gritou ao cocheiro:
— Onde vamos? Miserável, onde me levas?
Apesar de ter o carro algumas vidraças arriadas, no seu interior fazia um calor de forja. Quando lhe veio esta imagem, apalpou bem, no peito, as grã-cruzes magníficas. Graças a Deus, ainda não se haviam derretido. O Leão da Birmânia, o Dragão da China, o Lingão da Índia estavam ali, entre todas as outras, intactas.
— Cocheiro, onde me levas?
Não era o mesmo cocheiro, não era o seu. Aquele homem de nariz adunco, queixo longo com uma barbicha, não era o seu fiel Manuel!
— Canalha, para, para, senão caro me pagarás!
O carro voava e o ministro continuava a vociferar:
— Miserável! Traidor! Para! Para!
Em uma dessas vezes voltou-se o cocheiro; mas a escuridão que se ia, aos poucos, fazendo quase perfeita, só lhe permitiu ver os olhos do guia da carruagem, a brilhar de um brilho brejeiro, metálico e cortante. Pareceu-lhe que estava a rir-se.
O calor aumentava. Pelos cantos o carro chispava. Não podendo suportar o calor, despiu-se. Tirou a agaloada casaca, depois o espadim, o colete, as calças...
Sufocado, estonteado, parecia-lhe que continuava com vida, mas que suas pernas e seus braços, seu tronco e sua cabeça dançavam, separados.
Desmaiou; e, ao recuperar os sentidos, viu-se vestido com uma reles *libré* e uma grotesca cartola, cochilando à porta do palácio em que estivera ainda há pouco e de onde saíra triunfalmente, não havia minutos.
Nas proximidades um *coupé* estacionava.
Quis verificar bem as coisas circundantes; mas não houve tempo.
Pelas escadas de mármore, gravemente, solenemente, um homem (pareceu-lhe isso) descia os degraus, envolvido no fardão que despira, tendo no peito as mesmas magníficas grã-cruzes...
Logo que o personagem pisou na soleira, de um só ímpeto aproximou-se e, abjectamente, como se até ali não tivesse feito outra coisa, indagou:
— Vossa Excelência quer o carro?

BIOGRAFIA

Afonso Henriques de Lima Barreto nasceu no Rio de Janeiro a 13 de maio de 1881 e morreu na mesma cidade a 1o de novembro de 1922. Filho de um tipógrafo da Imprensa Nacional e de uma professora pública, era mestiço de nascença e foi iniciado nos estudos pela própria mãe, que perdeu aos 7 anos de idade. Fez seus primeiros estudos e, pela mão de seu padrinho de batismo, o Visconde de Ouro Preto, ministro do Império, completou-os no Ginásio Nacional (Pedro II), entrando em 1897 para a Escola Politécnica, pretendendo ser engenheiro. Teve, porém, de abandonar o curso para assumir a chefia e o sustento da família, devido ao enlouquecimento do pai, em 1902, almoxarife da Colônia de Alienados da Ilha do Governador. Nesse ano, estreia na imprensa estudantil. A família muda-se para o subúrbio do Rio de Janeiro, Engenho de Dentro, onde o futuro escritor resolve candidatar-se a um cargo vago na Secretaria da Guerra, mediante concurso público, tendo passado em 2º lugar e ocupado a vaga, por desistência do 1o colocado, 1903. Com o modesto salário, passa a residir com a família em Todos os Santos, em casa simples, e na qual, em 1904, inicia a primeira versão do romance *Clara dos Anjos*. No ano seguinte começa o romance *Recordações do escrivão Isaías Caminha*, publicado em Lisboa em 1909. Publica, também, uma série de reportagens no jornal *Correio da Manhã*. Inicia o romance *Vida e morte de M. J. Gonzaga de Sá*, publicado apenas em 1919. Colabora na revista *Fon-Fon* e, com amigos, lança em fins de 1907 a revista *Floreal*, que sobreviveria com quatro números apenas, mas que chamou a atenção do crítico literário José Veríssimo. Nessa época, dedica-se à leitura na Biblioteca Nacional dos grandes nomes da literatura mundial, dos escritores realistas europeus de seu tempo, tendo sido dos poucos escritores brasileiros a tomar conhecimento e ler os romancistas russos. Em 1910, faz parte do júri no julgamento dos participantes do episódio chamado "Primavera de sangue", condenando os militares no assassinato de um estudante, sendo por isso preterido, daí para frente, nas promoções na Secretaria da Guerra. Em 1911, em três meses, escreve o romance *Triste fim de Policarpo Quaresma*, publicado em folhetins no *Jornal do Comércio*, onde escreve, e também na *Gazeta da Tarde*. Publica, em 1912, dois fascículos das *Aventuras do Dr. Bogoloff*, além de dois outros livretos de humor, um deles pela revista *O Riso*. O vício da bebida começa a manifestar-se nele, porém não o impede de continuar a sua colaboração na imprensa, iniciando em 1914 uma série de crônicas diárias no *Correio da Noite*. O jornal *A Noite* publica em folhetins, em 1915, seu romance *Numa e a ninfa*, e Lima Barreto inicia longa fase de colaboração na revista *Careta*, em artigos políticos sobre variados assuntos. Nos primeiros meses de 1916 aparece em volume o romance *Triste fim de Policarpo Quaresma*, que reúne também alguns contos notáveis como "A Nova Califórnia" e "O homem que sabia javanês", tendo boa acolhida por parte da crítica que vê em Lima Barreto o legítimo sucessor de Machado de Assis. Passa a escrever para o semanário político *A.B.C.* Em julho de 1917, após internação hospitalar, entrega ao seu editor, J. Ribeiro dos Santos, os originais de *Os bruzundangas*, sátiras, somente publicado em 1922, um mês após a morte do autor. Candidata-se à vaga na Academia Brasileira de Letras, mas seu pedido de inscrição não é sequer considerado. Lança a 2ª edição do *Isaías Caminha* e, em seguida, o romance *Numa e a ninfa*, em volume. Passa a publicar artigos e crônicas na imprensa alternativa da época: *A Lanterna*, *A.B.C.* e *Brás Cubas*, que publica um artigo seu, em que manifesta simpatia pela causa revolucionária russa. Após o diagnóstico de epilepsia tóxica, é aposentado em dezembro de 1918, mudando-se para outra casa na Rua Major Mascarenhas, em Todos os Santos, onde irá residir até morrer. Em inícios de 1919, suspende a colaboração no semanário *A.B.C.*, por ter a revista publicado um artigo contra a raça negra, com o qual não concordava. Põe à venda o romance *Vida e morte de M. J. Gonzaga de Sá*, por ele próprio revisto e mandado datilografar pelo editor, Monteiro Lobato, tendo sido o único de seus livros a passar por tais cuidados normais de publicação, e pelo qual recebe bom pagamento e promoção, além do aplauso de velhos e novos expoentes da crítica, como João Ribeiro e Alceu Amoroso Lima. Nesse clima, candidata-se em segunda vez a uma vaga na Academia Brasileira de Letras – desta vez, aceita, –, não conseguindo, porém, ser eleito, mas tendo o voto permanente de João Ribeiro. Sob o título "As mágoas e sonhos do povo", passa a publicar semanalmente, na revista *Hoje*, crônicas ditas de folclore urbano, reiniciando a colaboração na *Careta*, em segunda fase, só interrompida por sua morte. Em 1919, de dezembro a janeiro de 1920 é internado no hospício, devido a forte crise nervosa, resultando a experiência nas anotações dos primeiros capítulos da obra *O cemitério dos vivos*, memórias somente publicadas em 1953, juntamente com as do *Diário íntimo*, num mesmo volume. Em dezembro de 1920, concorre ao prêmio literário da Academia Brasileira de Letras para o melhor livro do ano anterior, inscrevendo o *Gonzaga de Sá*, que veio a receber menção honrosa. No mesmo mês é posto à venda nas livrarias o volume de contos *Histórias e sonhos*, e entrega ao editor F. Schettino, seu amigo, os originais de *Marginália*, reunindo artigos e crônicas já publicados na imprensa periódica e, que se perderiam, sendo o volume editado apenas em 1953, *post mortem*. O *Cemitério dos vivos* tem um trecho publicado, em janeiro de 1921, na *Revista Souza Cruz*, sob o título "As origens", memórias manuscritas não completadas pelo autor. Em abril, faz uma viagem à pequena cidade de Mirassol, no Estado de São Paulo, onde um médico amigo e escritor, Ranulfo Prata, tenta a regeneração clínica de Lima Barreto, mas em vão. Com a saúde já bastante abalada, a doença força a sua reclusão na casa modesta de Todos os Santos, onde os amigos vão visitá-lo e sua irmã Evangelina se desvela em cuidados por ele. Mas, sempre que pode, continua a sua peregrinação pela cidade que ama, reservando a leitura, a meditação e a escrita para casa, apesar da presença constante da loucura do pai, tornada real pelas crises cada vez mais repetidas. Em julho de 1921, pela terceira vez, candidata-se à vaga na Academia de Letras, retirando-a, porém, por "motivos inteiramente particulares e íntimos". Entrega ao editor os originais de *Bagatelas*, no qual reúne a sua maior produção na imprensa, ou seja, a que vai de 1918 a 1922, em que evidencia com rara visão e clareza os problemas do país e do mundo do pós-guerra. *Bagatelas*, entretanto, só apareceria em 1923. Publica na *Revista Souza Cruz* de outubro-novembro de 1921 a conferência "O destino da literatura", que não chegara a pronunciar na cidade de Rio Preto, próximo a Mirassol. Em dezembro inicia a segunda versão do romance *Clara dos Anjos*, terminado em janeiro seguinte. Os originais de *Feiras e mafuás* são entregues para publicação, mas somente em 1953 seriam editados. Em maio de 1922, a revista *O Mundo Literário* publica o primeiro capítulo de *Clara dos Anjos*, "O carteiro". Tendo a sua saúde declinada mês a mês, agravada pelo reumatismo, pela bebida e outros padecimentos, Lima Barreto morre em 1º de novembro de 1922, vitimado por um colapso cardíaco. Em seus braços, é encontrado um exemplar da *Revue des Deux Mondes*, sua preferida e que estivera lendo. Dois dias depois é a vez de seu pai. Encontram-se sepultados no cemitério de São João Batista, onde o escritor desejou ser enterrado. Em 1953, uma editora lançou alguns volumes inéditos de sua obra. Porém, somente em 1956, sob a direção de Francisco de Assis Barbosa, com a colaboração de Antônio Houaiss e M. Cavalcanti Proença, toda a sua obra em 17 volumes foi publicada, compreendendo todos os romances citados e também os títulos não publicados em vida do autor, e que são: *Os bruzundangas, Feiras e mafuás, Impressões de leitura, Vida urbana, Coisas do reino de Jambon, Diário íntimo, Marginália, Bagatelas, O cemitério dos vivos* e mais dois volumes que contêm toda a sua correspondência, ativa e passiva. Nas décadas seguintes Lima Barreto tem sido alvo de estudos, tanto no Brasil como no exterior. Suas obras, romances e contos, têm sido traduzidos para o inglês, francês, russo, espanhol, tcheco, japonês e alemão. Teses de doutoramento o tiveram como tema nos Estados Unidos e na Alemanha. Congressos e conferências foram realizados em todo o Brasil, por ocasião do seu centenário de nascimento (1981), resultando inúmeros livros publicados, entre ensaios, bibliografias e estudos psicológicos do autor e sua obra. Há, presentemente, um desabrochar de interesse entre os novos escritores brasileiros em favor da obra de Lima Barreto, tido como o pioneiro do romance social, e cuja produção literária – vasta, em proporção ao número de anos que viveu – ganha, a cada dia, o merecido destaque que lhe é devido.

BIBLIOGRAFIA

RECORDAÇÕES DO ESCRIVÃO ISAIAS CAMINHA (romance), Lisboa, Livraria Clássica Editora, 1909.

TRISTE FIM DE POLICARPO QUARESMA (romance), Rio de Janeiro, Typ. "Revista dos Tribunais", 1915.

NUMA E A NINFA (romance da vida contemporânea), Rio de Janeiro, A Noite, 1915.

VIDA E MORTE DE M. J. GONZAGA DE SÁ, São Paulo, edição da "Revista do Brasil", 1919.

CLARA DOS ANJOS (romance), Rio de Janeiro, Editora Mérito, s. d. [1948].

HISTÓRIAS E SONHOS (contos), Rio de Janeiro, Livraria Editora de Gianlorenzo Schettino, s. d. [1920].

OS BRUZUNDANGAS (sátira), Rio de Janeiro, Jacintho Ribeiro dos Santos Editor, 1922.

BAGATELAS (artigos), Rio de Janeiro, Empresa de Romances Populares, 1923.

COISAS DO REINO DO JAMBON (sátira), São Paulo, Brasiliense, 1956.

FEIRAS E MAFUÁS (artigos e crônicas), São Paulo-Rio de Janeiro, Editora Mérito, s. d. [1953].

VIDA URBANA (artigos e crônicas), São Paulo, Brasiliense, 1956.

MARGINÁLIA (artigos e crônicas), São Paulo-Rio de Janeiro, Editora Mérito, s. d. [1953].

IMPRESSÕES DE LEITURA (crítica), São Paulo, Brasiliense, 1956.

DIÁRIO ÍNTIMO (memórias, São Paulo-Rio de Janeiro, Editora Mérito, s. d. [1953].

O CEMITÉRIO DOS VIVOS (memórias), São Paulo, Brasiliense, 1956.

CORRESPONDÊNCIA (ativa e passiva), 1o tomo, São Paulo, Brasiliense, 1956.

CORRESPONDÊNCIA (ativa e passiva), 2o tomo, São Paulo, Brasiliense, 1956.

"Lima Barreto limita-se, quase sem exceção, a pôr em prática, fiado no talento que Deus lhe deu e que os desenganos da vida apuraram, as tradicionais convenções da novela realista: criar 'caracteres' individuais convincentes e reproduzir com plausível fidelidade as circunstâncias em que se movem esses caracteres.
É efetivamente nessa criação que ele foi poucas vezes superado entre nós. Não raro o senso da caricatura leva-o a engrossar em demasia os traços, mas a verdade é que poucas vezes o inclina, nestes casos, a adotar diante dos personagens a atitude de enfatuação irônica, pobre substituto, entre alguns autores, da dificuldade de exprimir objetivamente uma situação dramática.
Um dos seus traços típicos está em que, apesar da alta missão que para ele representa a arte, soube não obstante conferir dignidade estética às mais humildes aparências. Se, como seu personagem Leonardo Flores, tem de renunciar à fortuna, às posições, à respeitabilidade, não é certamente para fugir à realidade penosa, mas para aferrar-se cada vez mais ao pequeno mundo que erigiu em retiro. 'O subúrbio', diz, 'é o refúgio dos infelizes. Os que perderam o emprego, as fortunas; os que faliram nos negócios, enfim, todos os que perderam sua situação normal vão se aninhar lá; e todos os dias, bem cedo, lá descem à procura de amigos fiéis que os amparem, que lhes dêem alguma coisa para o sustento seu e dos filhos'."

Sérgio Buarque de Holanda

"Lima Barreto não era um marxista, longe disso, e nem se pode vislumbrar nos seus escritos nenhum pendor para trabalhos e estudos teóricos que o levassem a uma adesão plena às concepções filosóficas do marxismo. Desde jovem se afizera ao trato dos livros, mas sua formação sofria do mal muito comum do ecletismo, uma certa mis-tura de materialismo positivista, de liberalismo spenceriano, de anarquismo kropotkiniano e de outros ingredientes semelhantes. Nascido, no entanto, de família pobre, vivendo sempre na pobreza e no meio de gente pobre, fez-se escritor por vocação – escritor honesto e consciente da sua condição. Como tal, encarava a realidade frente a frente, como um agudo poder de observação, e honradamente exprimia o que pensava e sentia acerca dos problemas que afetavam a vida do nosso povo. Por isso, creio eu, é que Lima Barreto, não obstante as insuficiências da sua formação cultural, pôde e soube ver as coisas muito melhor que os escritores e articulistas que pontificavam na grande imprensa do seu tempo."

Astrojildo Pereira

"Lima Barreto poderá ser reputado 'incorreto', do ponto de vista 'gramatical', e de 'mau gosto', do ponto de vista 'estilístico' – afinal de contas, o conceito de correção, na nossa gramática mandarina e bizantina, pode apresentar tais e tantos planos de julgamento, que poucos, pouquíssimos escritores poderão enfrentar todas as sanções de todos os planos; e afinal de contas, ainda, o problema do 'bom gosto' é infinitamente flutuante, no espaço, no tempo, e no mesmo espaço e no mesmo tempo, não parecendo constituir uma questão nodalmente estética."

Antônio Houaiss

COLEÇÃO MELHORES CONTOS

Aluísio Azevedo
Seleção e prefácio de Ubiratan Machado

António de Alcântara Machado
Seleção e prefácio de Marcos Antonio de Moraes

Artur Azevedo
Seleção e prefácio de Antonio Martins de Araujo

Ary Quintella
Seleção e prefácio de Monica Rector

Aurélio Buarque de Holanda
Seleção e prefácio de Luciano Rosa

Autran Dourado
Seleção e prefácio de João Luiz Lafetá

Bernardo Élis
Seleção e prefácio de Gilberto Mendonça Teles

Breno Accioly
Seleção e prefácio de Ricardo Ramos

Caio Fernando Abreu
Seleção e prefácio de Marcelo Secron Bessa

Domingos Pellegrini
Seleção e prefácio de Miguel Sanches Neto

Eça de Queirós
Seleção e prefácio de José Maurício Gomes de Almeida

Edla van Steen
Seleção e prefácio de Antonio Carlos Secchin

Fausto Wolff
Seleção e prefácio de André Seffrin

Hélio Pólvora
Seleção e prefácio de André Seffrin

Herberto Sales
Seleção e prefácio de Judith Grossmann

Hermilo Borba Filho
Seleção e prefácio de Silvio Roberto de Oliveira

Ignácio de Loyola Brandão
Seleção e prefácio de Deonísio da Silva

J. J. Veiga
Seleção e prefácio de J. Aderaldo Castello

João Alphonsus
Seleção e prefácio de Afonso Henriques Neto

João Antônio
Seleção e prefácio de Antônio Hohlfeldt

João do Rio
Seleção e prefácio de Helena Parente Cunha

Joel Silveira
Seleção e prefácio de Lêdo Ivo

Lêdo Ivo
Seleção e prefácio de Afrânio Coutinho

Lima Barreto
Seleção e prefácio de Francisco de Assis Barbosa

Luiz Vilela
Seleção e prefácio de Wilson Martins

Lygia Fagundes Telles
Seleção e prefácio de Eduardo Portella

Machado de Assis
Seleção e prefácio de Domício Proença Filho

Marcos Rey
Seleção e prefácio de Fábio Lucas

Mário de Andrade
Seleção e prefácio de Telê Ancona Lopez

Marques Rebelo
Seleção e prefácio de Ary Quintella

Moacyr Scliar
Seleção e prefácio de Regina Zilberman

Nélida Piñon
Seleção e prefácio de Miguel Sanches Neto

Orígenes Lessa
Seleção e prefácio de Glória Pondé

Osman Lins
Seleção e prefácio de Sandra Nitrini

Ribeiro Couto
Seleção e prefácio de Alberto Venancio Filho

Ricardo Ramos
Seleção e prefácio de Bella Jozef

Salim Miguel
Seleção e prefácio de Regina Dalcastagnè

Simões Lopes Neto
Seleção e prefácio de Dionísio Toledo

Walmir Ayala
Seleção e prefácio de Maria da Glória Bordini

Impresso por :

gráfica e editora

Tel.:11 2769-9056